Crime

Chris Peregrin

Bibliografische Information der Deutschen Nationalbibliothek:
Die Deutsche Nationalbibliothek verzeichnet diese Publikation
in der Deutschen Nationalbibliografie; detaillierte
bibliografische
Daten sind im Internet über dnb.dnb.de abrufbar.

Herstellung und Verlag: BoD – Books on Demand, Norderstedt

ISBN: 9783754337950

Life was meant for good friends and great adventures.

1

Der Mann lag sehr merkwürdig da. Man konnte sich wohl kaum mit der großen Zehe im Ohr kratzen und dabei noch so entspannt dreinblicken. Und so unhöflich an ihr vorbei ins Leere, obwohl sie direkt vor ihm stand. Henriette stemmte die Hände in die Hüften und lehnte sich vor.

»Hallo?«, fragte sie noch einmal. Und dann musste sie einsehen, warum es ihr so merkwürdig vorkam. Sie stand einem Toten gegenüber.

Trotz ihres inzwischen doch recht fortgeschrittenen Alters – ihr fünfundsiebzigster Geburtstag stand in ein paar Wochen ins Haus – hatte sie erst einmal einen toten Menschen von Nahem gesehen. Ihren Mann Fred. Aber er hatte anständig ausgesehen. Schlafend, friedlich. Sogar mit einem Lächeln im Gesicht. Sicher hatte ihm der Gevatter noch seinen Lieblingsschnaps eingeschenkt, bevor er ihn mit sich genommen hatte. Zumindest hatte es an dem Morgen, an dem sie ihn reglos neben sich im Bett gefunden hatte, todsicher nach Williams Christ gerochen. Sie fand es sehr angebracht, dass zumindest ein Christ ihm Gesellschaft geleistet hatte. Der Vorname war vernachlässigbar.

Nachdenklich betrachtete sie den Mann vor ihr. Eine echte Leiche. Wie im Fernsehen – nur eben echter. Live und in Farbe. Und irgendwie enttäuschend. Sie hatte es sich eigentlich schon etwas spannender vorgestellt. Aber das wurde es nicht, egal, wie lange sie den Toten betrachtete. Es tat sich nicht mehr als das. Nicht allzu aufregend, aber trotzdem beunruhigend.

Und wie immer, wenn ihr langweilig war oder sie nachdenken musste, beschloss sie, einen Kuchen zu backen. Es beruhigte die Nerven, oder erweckte sie zu neuem Leben. Eins von beiden schadete nie. Bei dem Mann würde wohl auch Kuchen nichts mehr helfen. Aber soweit sie wusste, hatten Leichen es nicht eilig, davonzulaufen. Und wenn doch, so hätte sie dann eine Sorge weniger.

Während sie das Mehl sorgsam abwog, warf sie immer wieder einen prüfenden Vorsichtshalber-Blick in den Garten. Wie sie vorausgesehen hatte, änderte der Tote seine Position nicht. Aber langsam wurde sie doch etwas unruhig. Warum zum Teufel hatte er sich genau ihren Garten ausgesucht, um dort blicklos ins Leere zu starren? Konnte er sein Tot-Sein nicht woanders zur Schau stellen? Sie war eine hilflose alte, alleinlebende Frau, die selbst nicht mehr allzu weit unten auf Gevatters Liste stand. Musste man sie jetzt wirklich erneut auf so eine Art und Weise mit dem finalen Ende konfrontieren?

Sie klemmte die Rührschüssel zwischen ihre etwas massiveren Oberschenkel und ließ wütend den Schneebesen tanzen.

»Frechheit!«, murmelte sie keuchend. »Unverschämtheit!«

Aber vielleicht war es jetzt so weit, und sie wurde wahnsinnig. Oder hatte über Nacht Alzheimer bekommen. Bildete sich das alles nur ein.

Und dann kam er, der Geistesblitz. Ihre Großnichte datete doch seit einiger Zeit eine Kommissarin – sofern sie das am Telefon richtig verstanden hatte. Vielleicht wäre die so freundlich, einen fachmännischen Blick auf die Gesamtsituation zu werfen. Und mit frischem Kuchen fing man sich noch immer Mäuse. Wenn sie es gut verpackte, die beiden ganz ungezwungen zum Kaffee einladen würde und dann beiläufig eine Überraschung versprach, konnte sie sie sicher in ihr Haus locken. Und dann wären sie zu dritt, um die Lage in den Griff zu kriegen. Aller guten Dinge waren doch drei. Wie damals: ihr Mann, ihr Sohnemann und sie. Drei Gläser Sekt waren das perfekte Maß für einen angenehmen Dusel. Drei Scheiben Schinken perfekt für ein Stück Brot. Drei Mal heißes Wasser nachgießen die perfekte Dauer und Temperatur für ein wohltuendes Vollbad.

Sie wischte den Teig in die Gugelhupfform, setzte sich die Brille auf die Nase, stellte den Ofen auf Hundertachtzig. Ober- und Unterhitze. Und griff nach ihrem Handy. Ihre Knubbelfinger, steif von jahrelanger Arbeit in dem großen Garten, vertrugen sich nicht allzu gut mit der Tastatur, aber nach einem Fehlanruf im städtischen Tierheim, den sie mit einem energischen »Danke, ich kaufe nichts" ihrer Meinung nach elegant wieder beendet hatte, erreichte sie Tina.

»Hallo, Tante Henriette hier. Ich …« Doch bevor sie weitersprechen konnte, wurde sie unterbrochen.

»Gut, dass du anrufst. Ich werde mich etwas verspäten, wir hatten noch einen Autounfall. Ist halb vier noch in Ordnung? Und welchen Kuchen gibt es denn?«

»Autounfall? Geht es dir gut, Kind?«

»Nicht wir, also … wir mussten ihn aufnehmen. Im Dienst, weißt du.«

»Aha. Na Gott sei Dank. Und Zitronenkuchen. Kommst du denn allein?«

»Natürlich. Das mit mir und Clara ist doch schon seit Monaten vorbei. Mmh, Zitronenkuchen, ich freu mich. Bis später.«

Etwas verwirrt starrte Henriette das tutende Handy an. Sie hatte also für heute schon zum Kaffee eingeladen. Und es gab keine Kommissarin, die gedatet wurde. Ihr Gedächtnis schien zu schwächeln – kein Wunder bei der Aufregung. Dafür war auf ihre Intuition Verlass. Oder auf die des Toten. Zu sterben. An dem Tag, an dem eine Kommissarin ins Haus kam. Gutes Timing.

2

Tina hatte noch nie wie ein klassisches Mädchen ausgesehen, und in der blitzblanken neuen Uniform wirkte sie fast wie ein kleiner Junge. Sie stand ihr ausgesprochen gut. Henriette spürte, wie ein Schwall von Stolz durch sie hindurchströmte. Bis zu der Ankunft ihrer Nichte hatte sich ihr Gehirn auch wieder häuslich in ihrem Kopf eingerichtet, und sie hatte sich erinnert, dass Tina keine Kommissarin datete, sondern eine Ausbildung durchlief, um selber Kommissarin zu werden. Bis dahin allerdings fuhr sie erst mal Streife. Und wurde „Inspektorin" genannt.

Trotzdem war nun eine Polizistin im Haus, die sich die Sache im Hintergarten mal ausführlich ansehen konnte. Aber vorher würde sie sie mit Kaffee und Kuchen besänftigen.

»Gut schaust du aus. Mensch, das Ding steht dir. Und in so schönem Blitzeblau. Nicht in diesen Kuhfladen-Farben wie die alten Uniformen.«

Tina lachte. »Ja, inzwischen sieht die Polizei respektabel aus. Und in dieser Uniform kann man zumindest versuchen, Eindruck bei Frauen zu schinden. Bei dir altem Mädchen scheint es zu funktionieren.«

»Ich bin aber auch leicht zu beeindrucken, wie du weißt. Aber heute lasse ich dich mal beeindruckt sein. Ich habe gleich zwei Überraschungen für dich.« Sie sah sehr geheimnisvoll aus.

Tina blickte sich um. »Eine Überraschung habe ich schon entdeckt. Dein weltbester Zitronenkuchen. Und das andere ist? Eine kühle Flasche Prosecco, um auf meinen Abschluss anzustoßen?«

»Nicht ganz.« Das hatte sie vergessen. »Aber setz dich erst mal. Eins nach dem anderen, wir wollen weder das alte noch das junge Mädchen überfordern. Schlagsahne?«

»Immer.«

»Dann setz dich mal gemütlich hin.« Henriette schnitt ein dickes Stück und ein zweites, etwas kleineres vom Kuchen ab, und versah beide Teller mit einem ordentlichen Klecks Sahne, bevor sie sie auf den Tisch stellte und sich ebenfalls setzte. Und mit zufriedenem Lächeln zusah, wie ihre Großnichte gierig den Kuchen in sich hineinschaufelte. »Noch ein Stück?«

»Iss du mal deins, ich hole mir selber noch eins.«

»Und was war nun mit der Kommissarin? Dieser Clara?«

»Clara war keine Kommissarin. Sondern Barista.«

»Und was für ein Dienstgrad ist das nun schon wieder?«

»Kaffeebohne.«

»Huh?«

»Barista nennt man jemanden, der sich auf Kaffee spezialisiert hat.«

»Das gibt es?«

»Wir leben in einer Welt voller Spezialisten, Tante Hen.« Tina hatte nie aufgehört, sie so zu nennen, auch nicht, als sie ihren Namen richtig aussprechen konnte. »Es gibt für alles inzwischen mindestens zwei Bezeichnungen, wovon eine richtig nach was klingt.«

»Hm. Ich kann auch Kaffee kochen, der schmeckt, ohne so komisch betitelt zu werden.«

»Tja, manche haben Magie im Blut. Andere gehen in die Lehre, um Dingen ihr Geheimnis entlocken zu können.«

»Und warum ist das jetzt vorbei mir euch?«

Tina lehnte sich satt und zufrieden im Stuhl zurück. »Das war ja nichts so Richtiges. Wir haben einfach ein bisschen Zeit miteinander verbracht. Sie ist sich auch nicht ganz sicher, ob sie mit einer Frau zusammen sein will oder ob es doch ein Mann sein soll.«

»Das weiß die nicht? Also ich wusste immer, dass ich einen Mann will … und weiß jetzt genau, dass ich keinen mehr will. Aber auch keine Frau.«

»So wie ich ganz genau weiß, dass mir niemals ein Mann ins Haus kommt. Aber ja, manche lassen sich alle Optionen offen …«

»Egal war es dir also nicht?« Henriette war der leicht bittere Tonfall nicht entgangen.

Tina zögerte, dann seufzte sie. »Nein, war es nicht. Ich hab' sie sehr gemocht.« Sie stand auf und schnitt sich noch ein großes Stück Kuchen ab. Henriette fragte sich immer, wo sie sich das noch zwischen die Rippen schob. Essen wie ein Scheunendrescher, aber keine Spuren von Erntedank an ihrem Körper. Hungerhaken. Noch nicht mal das Pfund Butter im Kuchen würde Spuren hinterlassen.

»Reden wir von etwas anderem. Du hattest mir doch noch eine Überraschung versprochen?«

Jetzt zögerte Henriette. Wirklich gute Nachrichten waren es nicht. Den Trumpf hatte sie schon mit dem Zitronenkuchen verspielt. »Ja. Nun ja, Überraschung wäre vielleicht zu viel gesagt, obwohl es definitiv sehr überraschend war, also ist.«

Tinas Augen wurden schmäler. »Hast du etwas angestellt, Tante Hen?«

»Ich? Niemals.« Entrüstet reckte Henriette sich in die Höhe. »Ich stelle nie etwas an. Mein Leben ist so langweilig wie Tütensuppe ohne Einlage. Was soll ich denn anstellen außer mir den Oberschenkel brechen, in meinem Alter? Die wilden Jahre sind vorbei. Ich bin geradezu ein Engel.« Jede ihrer Bekräftigungen, die sie hinausposaunte, ließen Tinas Stirnfalten tiefer werden. Schließlich hob sie die Hand, um den Redefluss ihrer Tante zu unterbinden.

»Alles klar, ich habe verstanden. Dann raus mit der Sprache. Wo drückt der Schuh?«

»Draußen. Hinterm Haus. Da liegt er.«

»Der Schuh?«

»Nein, der unverhoffte Besucher. Aber ich fürchte, er ist mausetot.«

***

»Au Scheiße.« Tina blickte auf den leblosen Körper im Rosenbeet. »Wann hast du ihn denn entdeckt?«

»Heute.« Henriette blickte ihre Nichte an. »Ich habe nur nicht die Polizei verständigt, weil ich wusste, dass du heute kommst. Und weil ich hoffte, ich hätte lediglich Altershalluzinationen, und er wäre weg, sobald ich wegschaue.« Sie deutete mit den Händen anklagend auf die Leiche. »Aber wie man sieht, bin ich pumperlgesund. Manchmal hat man Pech.«

»Hier hatte wohl eher jemand anderes Pech«, murmelte Tina, als sie sich neben den Toten kniete. »Hast du ihn angefasst?«

»Wäääh.«

Tina musste schmunzeln, ob sie wollte oder nicht. Aber sie wurde sofort wieder ernst. »Okay, ich werde meine Vorgesetzte anrufen. Die ist zwar erst seit heute im Team, aber weiß bestimmt besser als ich, was zu machen ist.« Tina zog ihr Handy aus der Tasche, aber bevor sie die Nummer eintippte, drehte sie sich noch einmal zu ihrer Tante um. »Meine erste Leiche, Tante Hen. Ist ganz schön, jemanden aus der Familie dabei zu haben.«

3

Die Frau, die auf der Schwelle stand, als Henriette die Tür öffnete, sah fast zu gut aus für eine Kommissarin. Zumindest besser als jene, die so im Fernsehen herumliefen. Das war auf jeden Fall das, was sie in Tinas Blick lesen konnte. Ihre Nichte wirkte geradezu sprachlos. Und wenn Henriette an diese kleine, blonde, pummelige Fernsehermittlerin dachte, die nur einen Blick drauf hatte – *frustriert* – dann musste sie ihrer Nichte recht geben. Bei näherer Betrachtung der Frau auch darüber hinaus. Und sie war sich fast sicher, dass sie gerade Zeugin von etwas wurde, das es normalerweise nur in kitschigen Romanzen gab: der Liebe auf den ersten Blick. Aber derweil nur einseitig, denn der Neuankömmling wirkte auch nach einem Blick auf ihre Nichte unbeeindruckt professionell, und wandte sich gleich ihr zu.

»Hauptkommissarin Fellner. Wo ist der Mann?« Ihr Händedruck war fest und warm, ihr Lächeln freundlich distanziert.

»Hinten im Garten.« Henriette deutete zur Küchentür. »Tina, also Inspektorin Brandt, ihre Kollegin hier, wird sie hinführen.« Sie zwinkerte ihrer Nichte auffordernd zu.

»Ah, natürlich. Wir haben telefoniert. Freut mich. Dann bitte nach Ihnen.«

Henriette sah ihnen nach und ertappte sich dabei, wie sie die Melodie vom Tatort pfiff. Das hier wurde doch noch spannender als gedacht. Eine Hauptkommissarin, die etwas Ähnlichkeit mit Marlene Dietrich hatte, ihre Nichte, die schon beim ersten Anblick einen halben Schlaganfall bekam – und der Tote in ihrem Garten. Sie saß heute erste Reihe fußfrei.

**

»Haben Sie ihn angefasst?«

Die gleiche Frage, wie Tina sie schon gestellt hatte. Aber Henriette traute sich nicht, ihre Antwort von zuvor zu wiederholen. »Natürlich nicht.« Eine leichte Entrüstung in ihrer Stimme konnte allerdings nicht schaden. Sie war ja schließlich nicht auf der Nudelsuppe daher geschwommen, und auch schon ein paar Lebensjahre weiser als diese forsche, hübsche Hauptkommissarin.

Die zum Glück auch Humor hatte. Sie lächelte zwar nicht – als Profi – aber es glitzerte in ihren Augen.

»Entschuldigen Sie, aber diese Frage gehört zum Prozedere.«

»Na, dann Schwamm drüber.« Sie blickte zu ihrer Großnichte, die noch immer mit leicht geöffnetem Mund auf die Kommissarin starrte. Als sie merkte, dass ihre Tante sie ansah, schloss sie ihn wieder und grinste schief. Viel klüger sah sie damit allerdings trotzdem nicht aus.

»Ist Ihnen irgendetwas Verdächtiges aufgefallen? In den letzten Tagen? Oder generell in der Nachbarschaft?« Die Kommissarin gab nicht auf, und am liebsten hätte Henriette laut losgeprustet. Wenn sie wüsste, was für eine Nachbarschaft sie hatte, dann könnte sie gleich das ganze Revier zu Befragungen herschicken. Nicht, dass Henriette bislang irgendwen verdächtigt hätte, mit dem Toten in ihrem Blumenbeet etwas zu tun zu haben – aber auf dem Kerbholz hatten sie hier alle etwas. Oder einen an der Klatsche. Wie auch immer man es sehen wollte.

»Nichts Unübliches«, sagte sie deshalb vage, und hoffte, dass die Kommissarin nicht weiter nachfragte. Der scharfe Blick wanderte zwar besonders intensiv über ihr Gesicht, aber die Frau bohrte nicht weiter. Stattdessen wandte sie sich an Tina.

»Inspektorin Brandt, wir sind hier fertig. Beziehungsweise überlassen der Gerichtsmedizin das Feld. Ich weiß, dass Sie eigentlich schon frei haben, aber in Anbetracht der Situation würde ich Sie bitten, kurz mit mir aufs Revier zu kommen.«

Tina nickte. »Natürlich, Hauptkommissarin Fellner. Einen Moment.« Sie ging hinüber zu ihrer Tante. »Die Männer in Weiß werden noch eine Weile hier sein, Spuren aufnehmen. Dann kommt ein Leichenwagen und holt den Toten ab. Schaffst du das alleine?«

»Die Männer in Weiß sind ja nicht hier, um mich in eine Zwangsjacke zu stecken. Also schaffe ich das. Viel Vergnügen mit der neuen Chefin.«

Tina warf ihrer Großtante einen strengen Blick zu. »Pssst.«

Henriette hob beschwichtigend ihre Hände, denn die Kommissarin stand noch immer in Hörweite. »Ich bin schon still.«

»Ich melde mich morgen bei dir, okay?« Tina umarmte sie. »Danke für den Kuchen.«

Henriette sah ihnen nach, wie sie den Weg zur Straße hinuntergingen. Sie wären wirklich ein schönes Paar. Aber das musste sie wohl den Schicksalsgöttern überlassen. Für den Fall der Fälle schickte sie einen auffordernden Blick nach oben. Mit so viel Nachdruck, dass er wohl durch die Zimmerdecke bis in den Olymp oder wie auch immer man den Thron Gottes nennen wollte, sichtbar war. »Macht keinen weiteren Mist, alles klar?« Dann beschloss sie, sich gemütlich mit einem Kaffee ans Küchenfenster zu stellen. Vielleicht konnte sie von den Gerichtsmedizinern auch noch etwas lernen.

Doch außer, dass sie hin und her liefen, unmotiviert in der Erde wühlten, Kleinstteile in Tüten packten und Fotos machten, war das Treiben draußen ohne Ton recht uninteressant. Viel ärgerlicher war die Tatsache, wie sie mit ihren Rosen umgingen, die immerhin alte Sorten waren. Der eine Mann nahm etwas mehr Rücksicht, der andere war nun schon mehrfach gegen eine Pflanze gelaufen. Dieses Mal allerdings schienen die Rosen sich gerächt zu haben. Er blickte wütend auf seine Hand, dann auf den Strauch. Und sie meinte zu hören, wie er leise fluchte. Sie grinste, bevor sie das Fenster öffnete und ihren charmantesten Tonfall auspackte.

»Möchten Sie einen Kaffee?«

4

»Die Dame ist also ihre Tante?«

»Großtante. Väterlicherseits.«

»Und ihr habt ein enges Verhältnis?« Die Kommissarin wirkte interessiert, obwohl ihr Blick konzentriert auf die Straße gerichtet war.

»Sie hat praktisch den Platz meiner früh verstorbenen Oma eingenommen. Also ja.«

»Verstehe. Sie wirkt auf jeden Fall recht patent – und etwas mit Vorsicht zu genießen.«

»Wie meinen Sie das?«

»Nicht negativ. Mir scheint nur, dass sie es faustdick hinter den Ohren hat.«

Tina musste grinsen. Ihre Tante war wirklich ein Ausbund an Schlitzohrigkeit. Und ein Vifzack. »Ja, das hat sie wohl.«

»Ich zumindest hätte meine Nerven weitaus deutlicher

weggeschmissen, wenn eine Leiche in meinem Garten gelegen hätte.« Die Kommissarin war ihr einen kurzen Seitenblick zu. »Sind Sie sich sicher, dass sie genauso wenig weiß, wie sie uns weismachen will?«

Tinas Kopf fuhr herum. »Also dafür, dass sie mit dem Mord nichts zu tun hat, lege ich meine Hand ins Feuer.«

»Ich weiß.« Ein leichtes Lächeln zupfte am Mundwinkel der Fahrerin. »Das wollte ich auch nicht unterstellen. Auch wenn wir sie natürlich etwas genauer unter die Lupe nehmen müssen. Sie kennen ja das Prozedere.«

»Ja, natürlich.«

»Nun müssen wir erst einmal abwarten, was die Spurensicherung und die Obduktion ans Licht bringen.« Die Kommissarin schwieg. Tina sah auf ihre Hände, die fest ineinander verschlungen waren, als müssten sie sich gegenseitig festhalten. Es kostete sie etwas an Konzentration, die Finger einzeln zu lösen und die Hände ruhig in ihren Schoß fallen zu lassen.

»Wie lange sind Sie schon fertig mit Ihrer Ausbildung, Inspektorin Brandt?«

Die plötzliche Frage ließ sie zusammenzucken. »Hm? Äh, sechs Monate. Seitdem bin ich im Dienst. Aber eigentlich derzeit als

Verkehrspolizistin.«

»Verstehe.« Die Kommissarin schwieg wieder, während sie den Wagen gekonnt um eine enge Kurve manövrierte. »Ich hätte Sie gerne für diesen Fall an meiner Seite. Sofern Sie dran interessiert sind, kriminalpolizeilich zu arbeiten.«

Tina sah sie erstaunt an. »Mich?«

»Ja. Wenn es für Sie nicht zu schwierig ist, da Sie ja persönlich nicht gänzlich uninvolviert sind.«

»Nein, nein. Ich denke, es wäre eine gute Schule.« Sie versuchte, sachlicher zu klingen, als ihr zumute war, und den Blick unbeeindruckt nach vorne zu richten. Aber sie sah das Nicken der Kommissarin aus dem Augenwinkel. Und die Ahnung eines erneuten Schmunzelns in ihrem Mundwinkel.

»Das denke ich auch. Dann werde ich das morgen bei der offiziellen Vorstellungsrunde gleich bekanntgeben.«

***

Von den Herren der Gerichtsmedizin war auch nicht viel in Erfahrung zu bringen gewesen. Sie hatten den Kaffee dankend angenommen, jeder zwei Stücke ihres Kuchens verputzt, etwas in ihre zu fünfzig Prozent vorhandenen Bärte genuschelt, noch etwas in der Erde herumgestochert, weiterhin fast ihre Rosen umgerannt und waren dann verschwunden, nachdem zwei weitere Kollegen mit einem Leichenwagen gekommen, den Toten in einen schwarzen Plastiksack verpackt hatten und ebenfalls abgedampft waren.

Nun war wieder Ruhe in ihrem Garten eingekehrt. Totenstille sozusagen. Oder besser: Post-Totenstille. Henriette war jedoch alles andere als ruhig. Denn man konnte es nun drehen und wenden wie man wollte – hier lief ein Mörder herum. Soviel hatte sie bestätigt bekommen: keines natürlichen Todes gestorben. Hätte sie auch verwundert, denn es war ja nicht so, dass ihr Garten ein öffentlicher Park war, in dem man flanieren und dann mal so eben einen Herzstillstand erleiden konnte. Jemand hatte ihn dort, oder in nächster Nähe ermordet. Und jetzt waren mal grundsätzlich alle verdächtig – sie eingeschlossen.

Sie ließ heißes Wasser in die Spüle laufen, während ihr Blick wiederholt durch das Fenster in den nun leeren, bereits von der Dämmerung grau werdenden Hintergarten fiel. Es sah aus, wie das Schwarz-Weiß-Fernsehen ihrer Kindheit. Und Krimis waren in Schwarz-Weiß einfach noch gruseliger gewesen. Und diese unheimliche Musik, wenn etwas kurz davor war zu passieren. Sie merkte, wie eine leichte Gänsehaut ihren Rücken hinaufkroch. Was, wenn der Tote nicht wirklich tot war? Sich im Leichenwagen des Plastiksacks entledigt hatte, an der nächsten roten Ampel aus dem Auto gekrabbelt, und hinkend – denn mit dem Bein war wirklich etwas nicht in Ordnung gewesen – in ihren Garten zurück geschlichen war, um sich sein Opfer zu holen? Das zufälligerweise ihren Namen trug?

Ihre Hand zitterte, als sie sie ausstreckte, um den Vorhang vor das Fenster zu ziehen und diese Bilder auszusperren – und dann ertönte eine merkwürdige Melodie. Halblaut, wie Hintergrundmusik. »Ding ding …. dadadadaaaa … ding ding dong … dadadadaaaa …« Henriette verschluckte sich an ihrem eigenen Atem, der plötzlich den Drang hatte, zu schnell zu gehen. Sie hustete heftig, beugte sich über der Spüle und wäre beinahe vor Schreck gestorben – bis sie bemerkte, dass ihr Handy, das neben der Abwasch lag, vor sich hin blinkte. Ein Anruf von Tina, mit dem tollen Klingelton namens „Crime". Sie hatte es lustig gefunden, ihn ihrer Polizistinnen-Nichte zuzuordnen – und wäre nun fast daran erstickt. Nicht alles war so lustig, wie es zu sein schien.

»Ja, hust, hallo?«

»Tante Hen, alles in Ordnung?«

»Mmmh, hab mich nur, äh, verschluckt.«

»Hat es noch lange gedauert mit den Kollegen, oder haben sie dich bald wieder in Ruhe gelassen?«

»Sie haben meinen Kuchen vertilgt, und sind dann recht bald gefahren.« Sie zog während des Redens sicherheitshalber doch den Vorhang zu und überprüfte, ob die Tür zum Garten auch fest geschlossen war.

»Okay. Dann melde ich mich morgen wieder?«

»Gut. Wie ist denn die neue Chefin so?« Sie hörte, wie Tinas Atem kurz stolperte, und musste grinsen. Es half irgendwie dabei, ihren eigenen Atem wieder zu normalisieren.

»Sehr nett, glaube ich. Wir haben nicht viel gesprochen. Morgen ist offizielle Vorstellung auf dem Revier.«

»Na dann.«

»Gute Nacht, Hen.«

»Gute Nacht, mein Mädchen.«

5

Tina schlug die Augen auf und tastete nach dem Handy. Fünf Uhr vierzig. Zwanzig Minuten vor dem Läuten. Sie warf sich auf die andere Seite und seufzte. Der Traum von heute Nacht hatte eine eigenartige Mischung bereitgehalten. Die Leiche des gestrigen Tages war darin vorgekommen, und die schöne Hauptkommissarin. Und ein Kuss, der sie wie Schneewittchen wiedererweckte. Und dann Sachen, die die meisten Märchen aufgrund von Altersbeschränkungen aussparten. Jenseits von „Parental Guidance", wie es auf die Hüllen zahlreicher DVDs gedruckt war. Eher FSK 18 +++. Ihre Hand glitt ohne ihr Zutun unter den Stoff ihres Slips, während sie die Augen schloss und dem Traum nachspürte. Mit körperlicher Unterstützung. Die blonden, leicht gelockten Haare, dieses spezielle Lächeln, die Stimme, die auch in ihrer offenkundigen Professionalität ein sehr erotisches Timbre hatte …

»Au Mann.« Tina schlug die Augen auf und zog die Hand

zurück. Sie befriedigte sich selbst und dachte dabei an ihre neue Chefin. Das durfte doch nicht wahr sein.

»Duschen, Kaffee und Hose an, Tina Brandt. Und die Hände dahin, wo sie hingehören.« Selbstgespräche gaben einem zumindest manchmal das Gefühl, Herrin der Lage zu sein.

***

»Guten Morgen. Ich hoffe, jeder von Ihnen ist mit einem Kaffee ausgestattet? Ohne geht ja um diese Zeit nichts, wie ich finde.«

Tina blickte sich um und sah ihre Kollegen grinsen. Sie machte es gut.

»Prima. Dann darf ich mich offiziell bei Ihnen allen vorstellen. Mein Name ist Anne Fellner und ich leite nun schon seit einigen Tagen dieses Revier. Es tut mir leid, dass ich diese offizielle Vorstellung meinerseits erst heute vornehmen konnte, aber auch für mich ging alles etwas Knall auf Fall in den letzten Tagen. Sie müssen wissen, dass ich auch erst wenige Tage vor Ihnen von meiner Versetzung erfahren habe.« Sie ließ ihren Blick über die Anwesenden schweifen und Tina wurde kurz heiß. Als ob ein unsichtbares Feuer in den braunen Augen der Frau brannte. Sie dachte an ihre eigene

Hand heute morgen in ihrer Hose und senkte ihren Blick, bevor ein verräterisches Funkeln in ihren Augen etwas preisgeben würde, das hier definitiv nicht hingehörte.

»Wie dem auch sei – ich weiß, dass ihr vorheriger Chef das Revier auf Augenhöhe geführt hat. Ich bin ein großer Fan dieser Art, und möchte diese Tradition gerne fortführen. Ein weiteres Anliegen von mir ist es, die Frischlinge unter Ihnen zu fördern. Und mit Inspektorin Brandt werde ich beginnen.« War da wieder dieses kleine Lächeln im Mundwinkel, oder bildete Tina es sich nur ein?

»Sie wird mir in einem aktuellen Fall zur Seite stehen. Denn ich bin jemand, der trotz Leitung gerne weiterhin mit Ihnen an der Front arbeitet – aber kein bestehendes Team, das sich bewährt hat, dadurch sprengen will. Also werde ich mir unseren Nachwuchs zur Brust nehmen. So, nun wünsche ich Ihnen allen einen schönen Tag. Sollten Sie noch Fragen haben, finden Sie mich bis auf Weiteres in meinem Büro.« Sie nickte ihnen zu, stand auf und wandte sich ab – um sich noch einmal herumzudrehen. »Inspektorin Brandt, kommen Sie doch bitte in einer halben Stunde zu mir?«

»Jawohl, Hauptkommissarin.« Tina schnappte sich ihre Kaffeetasse und eilte zurück zu ihrem Schreibtisch. In einer halben Stunde würde die Hauptkommissarin sie sich also zur Brust nehmen.

»Professionell«, flüsterte sie sich zu. Aber auch das klang nicht
weniger verheißungsvoll. Zumindest anzüglich genug, dass sie sich
die nächste halbe Stunde nicht auf ein Wort konzentrieren konnte,
das ihr vom Computerbildschirm entgegen leuchtete.

***

»Setzen Sie sich doch.« Die Hauptkommissarin deutete auf den
Stuhl vor ihrem Schreibtisch. »Wir haben erste Erkenntnisse seitens
der Gerichtsmedizin. Der Mann, dessen Identität nach wie vor
unbekannt ist, wurde erschlagen, allerdings zweifach. Der erste
Schlag, von hinten ausgeführt, hat ihn wohl nur für kurze Zeit außer
Gefecht gesetzt, und es gelang ihm danach, in den Garten Ihrer
Tante zu fliehen. Dort wurde er allerdings vom Mörder gestellt und
der schien ziemlich zornig gewesen zu sein. Nach dem zweiten,
tödlichen Schlag hatte er versucht, ihn auseinanderzunehmen – im
wörtlichen Sinne. Zuerst mit der Schlagwaffe, die dafür ungeeignet
schien – wir gehen von einer Art Schaufel oder Spaten aus. Dann
kam kurzzeitig eine Säge zum Einsatz, aber dann musste etwas
gestört haben ...« Sie unterbrach sich und blickte Tina an. »Sie
müssen nicht so stocksteif dasitzen, Frau Brandt. Wir sind nicht zum

Rapport hier, sondern zu einer Teambesprechung.« Ein kleines Lächeln glitt über ihre Züge. »Ich weiß, dass sie vor der Ausbildung ein Jahr Heeresdienst absolviert haben, aber einiges davon können Sie getrost wieder vergessen, gut?«

»Klar.« Tina versuchte, sich bequemer hinzusetzen und durchzuatmen. Wenn die Kommissarin wüsste, dass ihre steife Haltung rein gar nichts mit ihrer Zeit beim Heer zu tun hatte, eher im Gegenteil, dann wäre Holland wohl in Not. Ihre Konzentration hatte nur zu zwanzig Prozent den Worten gegolten, und zu vollen achtzig Prozent den schönen Lippen der Kommissarin. Zumindest das Pokerface schien sie noch bewahren zu können. Und ihr Talent für Multitasking. »Das heißt, der ursprüngliche Tatort war zumindest nicht im Garten meiner Tante geplant. Und es müssten irgendwo Spuren einer Verfolgung zu finden sein.«

»Richtig. Die Spurensicherung war noch nicht so weit, aber ich denke, im Lauf des morgigen Tages gibt es dazu Neuigkeiten. Wir zwei werden auf jeden Fall Befragungen in der Nachbarschaft vornehmen müssen. Vielleicht hat doch jemand etwas gehört oder gesehen.«

»Okay. Ebenfalls morgen?«

»Ja, das sollte mit morgen reichen. Ich denke, es ist vernünftig, wenn Sie bis dahin abarbeiten, was noch auf ihrem Schreibtisch liegt. Denn ab morgen gehören Sie mir – und unserem Fall.« Die Kommissarin zwinkerte ihr zu und Tina fragte sich, ob sie vielleicht doch etwas ahnte. Vielleicht war sie ausgebildete Face-Readerin oder so. Körpersprachengebildet. Und irgendwie klang alles, was sie dachte, etwas zweideutig.

»Das war's dann für den Moment. Vielen Dank.« Ihr Lächeln milderte die Sachlichkeit ihrer Worte ab. Tina nickte und verschwand.

6

Es klingelte an der Tür. Nach einem verwunderten Blick auf die Uhr – heilige Kaffeezeit – eilte Henriette zur Tür. Es konnte nur wichtig sein. Aber die Dame, die dort stand, war ihr gänzlich unbekannt. Schwarze lange Haare, eine rote Lederjacke, verwaschene Jeans.

»Frau Steiner, Gott sei Dank. Uns wurde berichtet, dass ein Leichenwagen Sie abgeholt hätte. Gut, dass ich mich persönlich davon überzeugt habe, dass dem nicht so ist. Aber ihr Mann ist doch schon länger verstorben, oder? Laut unseren Unterlagen?« Sie blickte ertappt drein, dann streckte sie ihre Hand aus. »Verzeihen Sie, Lindner, Pensionsversicherungsanstalt.«

Henriette erwiderte den Händedruck etwas verdattert. »Guten Tag, ich …«

»Also, der Leichenwagen?«

»Ja, nein. Ich lebe ja noch, wie Sie sehen.«

»Und ihr Mann? Oder kassieren Sie heimlich die Witwenrente, damit er jeden Samstag ein Steak auf dem Teller hat?« Der Blick der Frau wurde bohrend, unangenehm.

»Nein, nein …« Henriette hob verteidigend ihre Hände. »Er ist tatsächlich schon vor Jahren gestorben.«

»Und der Leichenwagen heute?«

»Es gab einen Toten in meinem Garten hinter dem Haus.«

»Oh. Hoffentlich niemand Nahestehendes? Oder einer ihrer lieben Nachbarn?« Die Frau wirkte ehrlich besorgt, so dass Henriette gleich beschwichtigte.

»Nein, ein gänzlich Unbekannter. Ein Überraschungsgast sozusagen. Also unangekündigt. Und tot.«

»Man weiß nicht, wer es war?«

»Nein.«

»Ein unbekannter Toter in ihrem Garten. Wie schrecklich! Und die Polizei?«

»Weiß auch nichts.«

»Also ein Mysterium. Eine Schande, wenn man sich noch nicht mal auf das Wissen der Kontrollorgane verlassen kann, was?«

»Nun ja, alles können die ja auch nicht wissen.«

»Nein, aber es hätte etwas Beruhigendes, oder? Leichen fallen ja nicht einfach so vom Himmel. Und sie werden wohl kaum etwas damit zu tun haben. Oder?« Wieder dieser prüfende Blick. Aber dann winkte die Frau lachend ab. »War nur ein Spaß. Ich bin jedenfalls sehr froh, zu wissen, dass Sie noch unter uns weilen. Also werden wir die Zahlungen natürlich nicht einstellen. Ich wünsche Ihnen noch einen schönen Tag.«

»Ebenfalls.« Henriette sah ihr nach, wie sie den Weg zum Gartentor zurückging und sich noch einmal winkend verabschiedete.

Sie ging zurück in die Küche und goss das heiße Wasser in den Handfilter. Ein komischer Besuch. Und sie dachte, dass zumindest in den Versicherungen noch ein gewisser Dresscode Pflicht war. Aber die Jeans hatte wohl mit ihrem Siegeszug alles unter sich begraben. Nicht, dass sie etwas dagegen hatte – sie besaß sogar selber eine – aber ein schicker Anzug hatte durchaus sein Potential. Oder ein hübsches Kleid.

Irgendwas in ihrem Umfeld irritierte sie. Etwas war anders, etwas bewegte sich ungewohnt in dem Orbit, den ihre Augen nur unscharf erfassten. Sie blickte nach links und rechts, und dann aus dem Fenster vor ihr. Und da.

Mitten in ihrem Garten stand die Dame, die eben noch freundlich winkend Richtung Straße unterwegs gewesen war, und schaute interessiert auf das Rosenbeet. Als sie bemerkte, dass sie beobachtet wurde, blickte sie auf und durch das Fenster Henriette an. Und winkte grinsend. Unverschämt grinsend. Und sie wirkte weitaus cooler als gerade eben.

Da war doch was faul, von wegen Pensionsversicherung. Henriette öffnete mit einer wütenden Bewegung das Fenster. »Wollen Sie nachsehen, ob ich meine Millionen steuersicher im Garten vergraben habe, oder sind sie von der Presse?«

Das Grinsen der Frau wuchs auf das Doppelte. »Sie sind gut, Frau Steiner. Nicht auf den Kopf gefallen. Und dabei habe ich mir so eine gute Geschichte einfallen lassen. Aber lassen Sie uns einen Deal machen: ich verrate nichts von Ihren vergrabenen Millionen in meinem Artikel, genauso wenig werde ich offenlegen, von wem ich meine Informationen habe. Dafür halten Sie dicht, bis mein Artikel veröffentlicht ist, was mit morgen früh passiert sein sollte. Was sagen Sie?«

»Klingt nach Erpressung.«

»Nein, ist nur ein Angebot. Ganz unverbindlich natürlich.«

»Eines verraten Sie mir dann aber noch: woher wissen Sie davon?«

»Sie haben neugierige Nachbarn. Und so ein Polizeiauto oder

Leichenwagen ist nicht das Unauffälligste. Ich gebe meinen ersten Informanten nicht preis – und der zweite waren Sie selber. Gerade eben an der Haustür.« Sie besaß sogar die Unverfrorenheit, ihr belustigt zuzuzwinkern. »Also, haben wir einen Deal?«

Henriette brummte missmutig ihre Zustimmung.

»Prima. Dann mach ich noch schnell ein Foto von Ihrem Haus, und dann bin ich auch schon ein Wölkchen. Schönen Tag noch.«

»Von meinem Haus?«

Doch die Frau war schon eilig um die Ecke verschwunden. Verdammter Mist. Sie hatte sich vorführen lassen, wie eine Anfängerin. Bestätigt, was man Pensionisten immer unterstellte. So naiv zu sein, und sich auf Kaffeefahrten eine Matratze andrehen zu lassen, die viel zu groß für das heimische Bett war. Und auch nicht vergoldet, wie der Preis vermuten ließ.

Der Kaffee war nur mehr lauwarm und schmeckte bitter. Noch nicht mal das konnte sie scheinbar noch. Vielleicht sollte sie doch noch mal studieren, auf ihre alten Tage. Wie hieß das Ding mit Kaffee? Pariser? Nein, das war etwas ganz anderes – und etwas, das sie lange nicht mehr gesehen hatte. Und schon lange nicht mehr brauchte – weder auf die eine, noch die andere Art. Aber so ähnlich. Jedenfalls wäre so ein unaussprechlicher Titel besser als der Stempel, der ihr soeben aufgedrückt worden war. Denn der war zu deutlich.

Dumme Gans.

7

Tina rollte mit dem Stuhl ein Stück vom Schreibtisch weg und ließ ihre Schultern kreisen. Nach stundenlanger Arbeit am PC fühlte sie sich immer wie eine Achtzigjährige. Viereckige Augen auch ohne Brille, und steife Gelenke. Aber nachdem sie morgen ihren Einstand bei der Kripo geben durfte, hatte sie sich heute bemüht, den Stapel an Akten auf ihrem Schreibtisch etwas schrumpfen zu lassen. Der Straßenverkehr schlief nicht, und ihre Kollegen in der Abteilung hatten alle bereits ähnlich hohe Arbeitsstapel auf ihren Schreibtischen liegen. Sie würde das, was sie heute nicht geschafft hatte, weiterreichen müssen – und das hätte keine Begeisterungsstürme zur Folge. Also hatte sie sich Vollgas draufgestürzt, versucht, ihre Gedanken zu bündeln – und nicht jedes Mal der Hauptkommissarin hinterherzuschauen, wenn sie auf dem Weg zum Drucker oder zur Kaffeemaschine an ihr vorbeilief. Die Hose saß aber auch zu unverschämt gut.

Irgendwann hatte sie dann ihren Rhythmus gefunden, und war so konzentriert, dass sie die langen Beine, die schon eine Weile neben ihrem Tisch standen, erst bemerkte, als sie sich mit einem leisen Räuspern bemerkbar machten.

»Ohne mich an Ihrem Fleiß stören zu wollen – es ist bereits weit nach zwanzig Uhr.«

Tinas Kopf fuhr hoch. Ihre Chefin stand mit dem langsam vertraut wirkenden Halblächeln neben ihr und sah auf sie herab.

»Ich wollte möglichst viel erledigen, damit ich morgen zur Verfügung stehe, ohne dass meine Kollegen mich hassen.«

»Nun, als Chefin sage ich dazu: sehr löblich. Als Kollegin allerdings finde ich, dass acht Uhr abends völlig ausreichend ist. Also, machen Sie das Ding aus und verlassen Sie das sinkende Schiff.«

»Aye aye, Ma'am.« Tina hätte fast spaßeshalber salutiert, aber sie konnte den Humor der Kommissarin noch nicht ganz einordnen. Zumindest verbreiterte sich ihr Lächeln als Reaktion auf Tinas Worte.

»Möchten Sie vielleicht noch ein Feierabendbier mit mir trinken? Verdient haben Sie es sich. Und unser erstes Aufeinandertreffen war ja etwas … abrupt. Vielleicht sollten wir ein etwas entspannteres Kennenlernen nachholen? Teambuilding, sozusagen?«

»Das klingt nach einem sehr guten Vorschlag.« Er würde wahrscheinlich eine erneute Wanderschaft ihrer Hände vor dem Einschlafen zur Folge haben, aber professionell – sie beeilte sich gedanklich, das Wort mit „beruflich" zu ersetzen, damit es weniger anzüglich klang – war es eine sinnvolle Idee. Und ein Bier war tatsächlich genau das, wovon sie seit Stunden träumte.

»Gut. Sie kennen sicher eine nette Bar hier in der Nähe?«

»Ja. Sie können wählen. Die Stammbar, wo sicher einige Kollegen anzutreffen sein werden – oder eine sehr nette, kleine Eckkneipe, in der man sich ungestört unterhalten kann.«

»Nehmen wir für heute die Eckkneipe. Ich muss ja nicht gleich nach meinem ersten offiziellen Arbeitstag Zeugen dafür haben, dass ich ihn mit Bier hinunterspüle.« Sie zwinkerte ihr lachend zu. »Also in fünf Minuten draußen?«

»Passt prima.«

***

»Und Sie sind hier geboren?« Die Kommissarin bedankte sich mit einem Kopfnicken beim Kellner, der soeben zwei frisch gezapfte Bier vor sie hingestellt hatte, und lehnte sich dann im Stuhl zurück.

»Ja. Ein hiesiges Gewächs, nicht umgetopft.«

»So lange der Topf groß genug ist …«

»Ich denke, hier kann man es ganz gut aushalten. Oder was sagen Sie, so als Zugereiste? Sie sind doch etwas weiter aus dem Norden, oder?« Tina griff zum Glas und prostete der Kommissarin zu, die ihr Glas ebenfalls erhob.

»Ja, aber das ist wohl in meinem Fall nicht schwer zu erraten, oder? Der Heimatdialekt bleibt in der Sprache kleben, und der meinige scheint da besonders hartnäckig.«

»Sie haben Glück, denn es ist immerhin einer der charmanten, mit denen dieses Land aufzuwarten hat. Man kann auch ganz anders aussteigen.«

»Das ist richtig.« Sie lachte leise. »Ich kann mich wohl nicht beklagen. Und, um Ihre Frage zu beantworten: ja, man hält es hier sehr gut aus. Ich nun doch auch schon neun Jahre in Summe.«

Das Bier schmeckte herb und kühl – und so richtig gut nach dem langen Arbeitstag. Dennoch bemühte sich Tina, nicht allzu gierig zu trinken. Nicht, dass sie versoffen wirken würde. Aber nach einem Blick auf das Glas der Kommissarin sah sie, dass sie sich dahingehend nicht sorgen musste. Auch sie hatte einen, an einer Dame durchaus attraktiven, „guten Zuch".

»Das zischt, wie es in der Werbung heißt. Manchmal gibt es nach Feierabend nichts Besseres als ein einfaches Glas Bier.«

Soviel dazu, dass sie sich zu viele Gedanken machte. Und so nahm auch Tina doch noch einen kräftigen Schluck, bevor sie das Glas wieder abstellte. Halbleer.

»Ich sehe, dass Sie meiner Meinung sind?« Wieder dieses Lächeln, das nur an den Mundwinkeln zupfte.

»Sollte ich meiner Chefin widersprechen?« Bei einem Bier durfte man den Humor der Gesprächspartnerin doch mal etwas genauer unter die Lupe nehmen – zumindest hatte Tina dies soeben beschlossen. Eine Sekunde nachdem die Worte ihren Mund verlassen hatten, aber Schwamm drüber. Sie erntete ein belustigtes Funkeln in den dunklen Augen der Kommissarin.

»Vorbildlich bis nach Feierabend.«

Tina zuckte grinsend mit den Schultern. »Alles, was beeindruckt, ist gerne genommen.« Das Funkeln in den Augen intensivierte sich.

»Ich habe sehr wohl gemerkt, wie Sie mich angeschaut haben, gestern bei Ihrer Tante.«

Autsch. Der Querschläger kam unerwartet. »Habe ich?«

»Ich bin nicht umsonst Hauptkommissarin, Inspektorin Brandt. Mir entgeht generell sehr wenig.«

»Uh, gut zu wissen.« Tina kratzte sich verlegen hinter dem Ohr.

Die Kommissarin lehnte sich im Stuhl zurück und lächelte.

»Ich hab' auch bemerkt, dass Sie mir heute nachgeschaut haben.«

»Nicht im Ernst?« Es hatte keinen Sinn mehr, Unschuld vorzutäuschen. Nicht bei dieser Frau. »Haben Sie hinten Augen?«

»Man könnte sagen, ja.« Die Kommissarin hob ihre Hand, um eine widerspenstige Strähne aus der Stirn zu streichen. »Ich nenne es ein gutes Radar, für alles, was mich umgibt. Hat mir schon oft gute Dienste geleistet, beruflich und privat. Und es ist besonders hilfreich, um auf eine Spur zu kommen. Diese hier ist sehr charmant.« Sie hob kurz amüsiert die Augenbrauen. »Aber ich habe Sie nicht deswegen ausgewählt, mich bei diesem Fall zu unterstützen. Auch wenn ich Sie nicht kannte, so habe ich doch meine Hausaufgaben gemacht, bevor ich die Leitung dieses Reviers übernommen habe. Sie sind eine sehr gute Polizistin.«

»Danke.« Tina versuchte, nicht allzu lautstark auszuatmen.

»Und eine sehr attraktive Frau.«

Das war's dann wohl mit atmen. Tina hustete und griff schnell nach dem Bier, um einen Schluck zu trinken. Und ihre Verlegenheit dahinter zu verstecken. »Sie auch.« Das kam fast kleinlaut hinter dem Glas hervor. Und spülte ein breites Grinsen auf die Lippen der Kommissarin.

»Und wieder sind wir uns einig. Dieser Abend ist bezüglich Teambuilding wirklich ein voller Erfolg.«

8

Sie waren beim dritten Bier gelandet, und bei der Einigung, sich außerhalb des Reviers mit ihren Vornamen anzusprechen. Und ihr Flirt hatte zunehmend mehr Platz im Gespräch eingenommen, als sie ihm hätten zugestehen dürfen. Von professioneller Seite aus betrachtet. Ansonsten schienen sie beide es sehr zu genießen. Fast zu sehr, wie Tina befand, als sie merkte, dass eine gewisse Hitze sich in ihr breitmachte mit der Intention zu verweilen. Bis sie Gelegenheit hatte, sich darum zu kümmern. Auf welche Art auch immer.

»So, wir sollten diesen Abend beschließen. Morgen liegt viel Arbeit vor uns.« Die Kommissarin – Anne, wie Tina sich eilig erinnerte – winkte dem Kellner um zu zahlen. »Das geht auf mich, ich habe dich ja schließlich dazu verführt.«

Sie zahlten und traten in den noch immer milden Abend hinaus. »Vielen Dank für die Verführung, Anne.« Tina zwinkerte ihr zu, bevor sie versuchte, wieder ernst zu blicken. »Und morgen ganz

offiziell wieder im Untergebenenverhältnis, Frau
Hauptkommissarin.«

Anne schmunzelte. »Sehr gern. Ich muss gestehen, dass es mir
sehr gefällt, wie du zwischen dem offiziellen und privaten Titel
wechselst. Es bringt mich auf Ideen, vor allem nach der Wendung
unseres Gespräches in etwas ... verwegenere Bahnen.« Sie trat einen
Schritt näher und beugte sich hinunter. »Ich bin so frei ...«

Ihre Lippen berührten sich, kurz, keusch, vorsichtig. Aber ihr
Atem verriet, dass die Zurückhaltung auf beiden Seiten kostete. Das
vorherige Flirten hatte nicht gerade dazu beigetragen, dass eine von
ihnen beiden noch Coolness gepachtet hätte.

»Du weißt, dass das, was wir gerade zu tun im Begriff sind, uns
beide den Job kosten kann?« Anne blickte sie ernst an, aber in ihren
Augen loderte ein Feuer. Und ihre Hand hörte nicht auf, Tinas
Nacken zu streicheln. Die andere Hand lag auf ihrem Rücken, zu
verdächtig nahe an ihren vier Buchstaben, um zufällig dort gelandet
zu sein.

»Mhm.«

»Wenn wir dem nachgeben, dann sollten wir es bei einem Mal
belassen.« Die untere Hand der Hauptkommissarin glitt weiter
hinab, und Finger gruben sich in Tinas nicht allzu weiche Weichteile.

Sie schluckte ein Stöhnen hinunter, welches die plötzliche Hitze zwischen ihren Beinen auslöste.

»Okay …«

Die Hauptkommissarin schmunzelte. »Ich meine es ernst, Inspektorin. Entzückend, dass Sie jetzt schon die Worte verlieren, aber ich möchte, dass wir beide wissen, was das hier sein darf – und was nicht.« Ihr Blick intensivierte sich, und sie leckte sich über ihre Lippen. »Sag Ja, und wir fahren direkt zu mir. Sag Nein, und es hat keine weiteren Nachwirkungen als jene, die dieser Kuss wohl auf unser beider Lippen hinterlassen hat.«

Tina versuchte, sich zu konzentrieren, obwohl die Hände und der Blick von Anne es ihr alles andere als leicht machten. Wo hatten sich ihre Logik und Vernunft verkrochen? Sie musste kurz ein ernstes Wort mit den beiden reden. »Es ist ernst«, brachte sie schließlich hervor, was ihr ein leises Lachen der Kommissarin bescherte.

»Sehr gute Einschätzung der Gesamtsituation.«

»Okay. Deine Nähe ist gerade nicht sehr hilfreich dabei, meine Gedanken zu sortieren.« Tina lachte ebenfalls, während sie ihre Hände um Annes Taille legte. »Ich will dich gerade so sehr, und das nehme ich sehr ernst.«

Die Augen der Kommissarin funkelten auf. »Das gefällt mir.«

»Heute Nacht, einmalig. Und gänzlich inkognito. Und: Ja.«

»Ich mag wagemutige Polizistinnen.«

»Zwo, eins, Risiko.«

»Was?«

»Darkwing Duck.«

»Jetzt sag mir nicht, dass du einen Comic-Fetisch hast.«

»Als Kind. Schlimm?«

»Nein. Unwiderstehlich. So sehr, dass wir den dringend notwendigen, zu folgenden Kuss verschieben müssen, da ich dich sonst gleich hier auf der Straße flachlege. Also, ab zum Auto. Und – da es vor dem Revier steht – Haltung bewahren.«

Sie legten einen Sprint hin, der Usain Bolt neidisch gemacht hätte. Verlangsamten elegant kurz vor dem Präsidium, grüßten sachlich vorbeigehende Kollegen und stiegen betont lässig in Annes Dienstwagen. Dieses Mal verkrallten sich Tinas Hände so sehr ineinander, dass es fast weh tat.

»Ist es weit bis zu dir?«

»Nicht allzu weit. Aber ich werde trotzdem versuchen, sinnig zu fahren. Drei Bier und einer gewissen Geilheit sollte man nicht das Steuer überlassen, solange man im Auto sitzt. Danach natürlich schon.«

»Aha …«

»Keine Sorge. Ich werde trotzdem nicht dreißig fahren, wenn fünfzig erlaubt ist.« Anne zwinkerte ihr zu. »Nicht nur dir ist heiß.«

***

Hauptkommissarin Anne Fellner wohnte in einem schicken Neubau am Rande der Stadt. Es roch nach frisch gemähtem Gras und Grillgut, als sie aus dem Auto stiegen. Und es war ein Abend zum Spazierengehen, oder um einen kühlen Wein auf der Terrasse zu genießen. Aber ihnen beiden war das egal. So was von. Die Autofahrt hatte die Spannung zwischen ihnen nur gesteigert, die schnellen Schritte bis zur Haustür sprachen Bände. So wie die Blicke, die sie sich zuwarfen. Wortlos schloss die Hauptkommissarin die Wohnungstür auf, ließ Tina passieren und drückte sie hinter sich ins Schloss. Lehnte sich mit dem Rücken dagegen und atmete tief ein. »Komm her.«

Tina ließ sich nicht zweimal bitten. Ihre Arme schlossen sich um Annes Taille, ihr Körper presste sie gegen das Holz der Tür. Und der zweite Kuss hatte alle Unschuld verloren. Sie keuchten, als ihre

Lippen sich voneinander lösten.

»Zieh dich aus.« Die Stimme der Kommissarin klang fordernd.

»Und du?«

»Später. Ich will dir dabei zusehen. Wie ich schon sagte: ich bin nicht umsonst Hauptkommissarin. Ich habe gern die Hosen an.«

»Momentan ist es ein Rock.« Tina hatte Mühe, die wenigen Worte zu artikulieren, denn der Blick von Anne folgte jeder ihrer Bewegungen. Und wurde hungriger mit jedem Knopf, den sie an ihrem Hemd öffnete.

»Spitzfindig, Inspektorin. Später wirst du dich freuen, dass es ein Rock ist.« Sie zwinkerte ihr zu, und Tina biss sich auf die Unterlippe, als ihre Fantasie in den nächsthöheren Gang schaltete. Sie streifte das Hemd von ihren Schultern und nestelte am Saum des Unterhemdes.

»Weiter.« Annes Stimme klang zunehmend ungeduldig. Ein kleines Grinsen stahl sich auf Tinas Lippen. Sie hatte das Spiel begonnen, also musste sie auch die Konsequenzen tragen. Betont langsam enthüllte sie ihr Sixpack, zögerte, bevor sie den Stoff weiter nach oben zog, und ihre kleinen Brüste entblößte. Ein kleines, keuchendes Einatmen war ihre Belohnung.

»Du bist schön.«

Tina blickte auf und fiel in die lodernden Augen der

Kommissarin. Sie zog innerlich den Hut vor ihrer Selbstbeherrschung.

»Das war keine Aufforderung, mit dem Ausziehen aufzuhören.« Die Stimme klang trotz der Lust darin leicht tadelnd, und Tina beeilte sich, ihre Hände zum Bund der Hose gleiten zu lassen. Aber sie ließ Annes Blick nicht mehr los, als sie den Knopf öffnete und die Hose ein Stück weit herunterstreifte.

»Bist du sicher, dass du nicht selber Hand anlegen willst?«

»Oh, das werd' ich, keine Sorge. Aber erst, wenn du komplett nackt bist.«

Tina fluchte innerlich. Diese Frau hatte die Ruhe weg, auch wenn ihre Stimme sie verriet – und ihr Blick heiß auf der Haut brannte. Sie stand noch immer unbeweglich, fast relaxed, gegen die Tür gelehnt. Tina beeilte sich nun doch, ihre Hose loszuwerden. Und dann stand sie splitterfasernackt vor der Hauptkommissarin, die sie eingehend musterte – als ob ihre Augen sie noch weiter ausziehen wollten.

»Deine Demonstration von Hand anlegen hat mir sehr gefallen. Ich hätte gerne mehr davon.«

»Darf ich dich also auch entblättern?«

»Nein, ich will mehr. Vielleicht magst du mir beweisen, wie

glücklich du darüber bist, dass ich diesen Rock trage?«

Tina ließ sich nicht zweimal bitten. Ihr nackter Körper schmiegte sich an den voll bekleideten der Kommissarin, und sie küsste ihren Nacken. »Du wirst dir gleich wünschen, dass ich dich ebenfalls entkleidet hätte«, flüsterte sie in Annes Ohr, bevor sie ihre Hand langsam unter ihren Rock gleiten ließ. »Spätestens, wenn ich vor dir auf die Knie gehe.« Der leise Seufzer war Antwort genug – und die Nässe, die sie erwartete, mehr als bestätigend.

9

Annes Telefon klingelte. »Ja, Fellner.« Sie lauschte einen Moment konzentriert, und Tina konnte beobachten, dass das, was sie hörte, ihr alles andere als gefiel.

»Gut. Ich kümmere mich darum.« Sie legte auf und warf das Handy zurück auf den Nachttisch. »Scheiße.« Der Blick, den sie Tina zuwarf, hatte nichts mehr von verschlafener Zärtlichkeit. »Jemand hat mit der Presse geplaudert. Und ich fürchte, ich ahne, wer es war.« Sie runzelte ärgerlich die Stirn. »Aber bei der Reporterin braucht man bisweilen Superkräfte, um sie an der Ausübung ihres Jobs zu hindern.« Sie zögerte, und beugte sich dann vor, um Tina einen kurzen Kuss auf die Lippen zu hauchen. »So, Ende unseres Ausflugs in die Welt der Sinne. Die Arbeit ruft.«

Tina blickte ihr nach, als sie aufstand. In ihrer ganzen, nackten Pracht. Aber wieder wurde ihr Blick gespürt. Und ihr hellblaues Diensthemd landete direkt in ihrem Gesicht. *Treffsicher.*

»Schluss mit lustig, Inspektorin Brandt. Anziehen und mitkommen. Du kümmerst dich um deine Tante, und ich mich um die Reporterin. Und Kaffee gibt's am Weg.«

***

»Hallo Henriette. So lange haben wir uns schon nicht mehr unterhalten. Ich habe Kuchen mitgebracht, ich dachte, wir könnten gemeinsam einen Kaffee trinken. Hinten im Garten ist doch jetzt bestimmt schön Sonne.« Margot war zwar die erste, aber nicht die letzte, die mit irgendwelchen fadenscheinigen Ausreden kam, um einen Blick in den Tatort Garten zu werfen. Sie alle kamen nach und nach. Die Grimaldis ließen ihren Hund laufen, und standen hinten im Garten unter dem Vorwand, ihn ganz sicher von hier bellen gehört zu haben. Elfriede Dutt, die rasende Klatschtante, fuhr sie vor lauter Neugier fast im Türrahmen um, als sie den Bremsknopf ihres motorisierten Rollators mit dem Gashebel verwechselte. Sogar der alte Franz kam vorbei, um ihr einen Tipp für ihre Rosen zu geben. Er müsse sie dafür »natürlich in Augenschein nehmen.« Dann sprach er von irgendeinem selbstgemischten Wunderdünger aus Kaffeesatz und Haferschleim, das Kilo zu achtzehnfuffzig. Margots Kuchen war zumindest gratis gewesen und hatte sehr gut geschmeckt.

Die einzigen, die nicht versuchten, ihr die Bude einzurennen, waren die Nachbarn von rechts und links nebenan. Die alte Graus sah sowieso immer aus dem Fenster, und Frau Wagner blickte zwar öfter als gewöhnlich über die Thujen, aber fragte nicht aufdringlicher nach als sonst auch. »Herrliches Wetter heute, nicht wahr, Frau Steiner? Da muss man ja fast im Garten arbeiten, da kann man sich nicht aus der Atmosphäre ziehen, nicht wahr?« Dann wurde ihr Blick aber doch etwas genauer. »Was ist denn mit Ihren Rosen passiert?«

»Unachtsame Besucher.«

»Na, wenn ich mir die so angucke, krieg ich ja ganz feuchte Knie. Mit den Herren würde ich aber noch ein Hörnchen rupfen, wenn ich Sie wäre. Salz auf mein Haupt, aber das können ja nur Männer gewesen sein, bei den schönen Rosen.«

Henriette nickte beipflichtend. Bei dem einen der Besucher war das allerdings nicht mehr nötig. Da war die Kuh endgültig abgefahren – um es mit Frau Wagners einzigartigem Zitattalent zu sagen.

Genauso wenig kamen die Youngsters aus der Straße, das Ehepaar Mozart samt Kindern – die den Altersdurchschnitt der gesamten Straße durcheinanderbrachten. Und Albert kam auch nicht. Aber er kam eigentlich nicht mehr, seitdem sie den anderen Algeheiratet hatte. Und auch nach Freds Tod hatte er sich gerade mal auf der Beerdigung blicken lassen. Sie hatte ihn viele Jahre vermisst, denn sie liebte ihn, wenn auch auf andere Art als er sie. Sie hatten ihre gesamte Schulzeit miteinander verbracht, und einen guten Teil ihrer Teenagerjahre. Und sie hatte sich sehr gefreut, dass er ein Haus in der gleichen Straße wie sie gefunden hatte. Aber dann … hatte sie geheiratet und ihn verloren. Wenn sie sich sahen, was unvermeidbar war, dann grüßten sie sich freundlich und fast ein wenig schüchtern, aber redeten darüber hinaus nie ein Wort miteinander. Manche Dinge konnte wohl auch die Zeit nicht reparieren.

Dafür kam Tina. Unangemeldet. »Ich wollte dich vorwarnen, Tante Hen. Wir werden ab morgen hier in der Nachbarschaft Befragungen vornehmen. Und Hauptkommissarin Fellner wird auch dich noch einmal aufsuchen.« Sie sah gut aus, hatte so ein verdächtiges Glänzen im Blick.

»Wird sie das? Nun gut. Und dich hat sie offenbar auch ausgiebig aufgesucht?«

Tina errötete. »Wie meinst du das?«

»Nun, wir hätten es wohl ganz uncharmant „Beischlaf" genannt, aber ich würde heute das Wort „Sex" gebrauchen. Klingt auch angemessener. Und heißer.«Jetzt sah ihre Nichte aus wie eine reife Tomate.

»Kein Kommentar, Hen. Wirklich nicht.«

»Die Genießerin genießt und schweigt. Ist akzeptiert. Aber sag mir, was habt ihr herausgefunden?«

»Ich darf dir nichts sagen. Vor allem, seitdem die Presse dich so … sollen wir „vorgeführt" sagen? Die waren doch hier, oder?« Nun war es an Henriette, zu erröten.

»Eine Dame der Pensionsversicherungsanstalt war hier. Ich konnte doch unmöglich wissen, dass sie eine Pressetante ist, die hier schnüffeln will. Aber keine Sorge, sowas passiert mir kein zweites Mal.« Sie sah Tina gleichermaßen entschuldigend wie auch herausfordernd an. »Also, was ist da in meinem Hintergarten vorgefallen? Du kannst mich doch jetzt nicht so unwissend dastehen lassen.«

»Ich darf es wirklich nicht.« Tina seufzte. »Was ich dir sagen darf, ist, dass der Mann eigentlich nicht in deinem Garten getötet werden sollte. Er konnte bis hierher fliehen. Von wo wissen wir allerdings nicht.«

»Und dabei hat er sich so das Bein verknackst, dass es ihm bis zum Ohr reichte?«

»Er wurde … hier erneut niedergeschlagen, dieses Mal war der Hieb tödlich. Und dann war er wohl zu schwer, um in einem Stück abtransportiert zu werden.«

»Also Nachschlach und versuchte Zerlegung in einem? Und das in meinem Garten? Wo ist denn das ganze Blut dann hin?«

»Du hast sehr gute Erde hier hinten, Tante Hen. Und es hat lange nicht geregnet. War wohl wer durstig.«

»Und wer ist der Mann?«

»Ich darf dir wirklich nicht mehr sagen. Ich wollte dich nur damit erleichtern, dass du weißt, dass niemand vorhatte, in deinem Garten einen Mord zu begehen. Und morgen kannst du ja gerne versuchen, meine Chefin zu löchern. Aber ich denke, sie ist verschwiegener als ich.«

»Das Löchern überlasse ich dir.« Henriette verkniff sich ein Grinsen. »Kommst du jetzt nur noch offiziell vorbei, oder hast du mal wieder privat Zeit für deine alte Tante?«

»Das hier ist privat. Ich werde sehr viel zu tun haben … aber ich mache es wieder gut, okay?«

»Weihnachten zum Plätzchen backen trägst du dir bitte jetzt

schon in den Kalender ein, ja? Das nehme ich sonst persönlich. Und
werde extra nachtragend sein.«

Tina lachte, beugte sich vor und gab ihrer Tante einen
schmatzenden Kuss auf die Wange. »Die Klatsche liegt eindeutig in
unserer Familie. Ich ruf dich bald an. Hab dich lieb.«

»Ich dich auch. Und hoffentlich nicht nur ich.« Henriette
zwinkerte ihr zu, und Tina machte, dass sie aus der Schusslinie kam.
Ihre Großtante hatte für ihr Alter noch immer erstaunlich viel Pulver
in der Büchse.

10

»Guten Morgen, Inspektorin Brandt.« Anne fing Tina schon auf dem Gang ab. »Sie können mir gleich folgen, die SpuSi hat ein paar Informationen für uns. Sie warten in der Gerichtsmedizin.«

Tina passte sich dem schnellen Schritt der Kommissarin an und schloss zu ihr auf. »Etwas, das uns weiterhilft?«

»Wir werden sehen.« Der Blick ihrer Chefin wanderte kurz über sie. »Schlaf nachgeholt, wie ich sehe?«

»Mhm. War nötig.«

Ein leises Lachen als Antwort. »Nicht nur bei dir.«

Sie betraten die Abteilung durch die alte, abgeschlagene Doppelflügeltür. Der Geruch nach Desinfektionsmitteln und Formaldehyd schlug ihnen entgegen.

»Guten Tag, die Herren. Was gibt es Neues?«

Peter, der Gerichtsmediziner, begrüßte sie mit einem Nicken und bedachte Tina mit einem breiten Grinsen. »Du drückst dich vor meiner Chance zur Revanche, Madame.« Sie hatte ihn vor drei Wochen beim Stockkampf-Training dreimal auf die Matte geschickt, und seitdem seine Terminvorschläge immer absagen müssen. Sie hob entschuldigend die Hände.

»Ja, du bist dran, definitiv. Ich melde mich verlässlich, okay?«

»Würd' ich dir raten.« Er zwinkerte ihr zu, und wandte sich dann an Anne. »Entschuldigen Sie, Hauptkommissarin Fellner. Also, wir haben den Mageninhalt des Toten untersucht und Rückstände eines Schlafmittels gefunden. Keine Überdosis, aber durchaus eine starke Medikation – die er sich aber auch selbst verabreicht haben könnte.«

»Ich verstehe. Und bevor wir die Identität nicht geklärt haben, wird das ein Mysterium bleiben.«

»So ist es, fürchte ich. Das Alter des Toten würde ich auf Mitte fünfzig schätzen. Ansonsten keinerlei neue Erkenntnisse zu gestern.«

»Gut. Und was haben Sie herausgefunden?« Anne wandte sich an die zwei Herren der Spurensicherung.

»Ebenfalls nicht allzu klare Indizien.« Der Ältere von den beiden zuckte mit den Achseln, während der Jüngere der Hauptkommissarin den Befund reichte.

»Die Erde des Gartens ist bedingt durch das momentane Wetter sehr trocken, also wenig konkrete Fußspuren. Ein Fußabdruck im Rosenbeet, den wir aber dem Opfer zuordnen konnten. Blut in der Erde, hauptsächlich dort, wo der Kopf des Opfers lag. Wir haben eine Probe davon, sowie von einigen anderen Orten ins Labor geschickt, die Ergebnisse sollten in den nächsten zwei Tagen eintreffen.«

»Na prima.« Die Hauptkommissarin runzelte die Stirn. »Dann hoffen wir, dass es vielleicht doch einige Zeugen in der Nachbarschaft gibt. Oder jemanden, der den Toten kennt.« Sie wandte sich erneut an Peter. »Ein Foto befindet sich bereits in meinem Mail-Postfach, nehme ich an?«

»Natürlich.«

»Gut, dann wär's das für heute. Ich danke Ihnen.«

Anne seufzte, als die Flügeltür hinter ihnen zuschlug. »Nicht sehr erfreulich. Wir machen eine kurze Mittagspause, dann fahren wir direkt in die Ottostraße. Und trink' noch einen großen Kaffee, es wird dauern, bis wir mit allen durch sind.«

***

»Und Sie haben wirklich nichts gehört? Unseren Ermittlungen

nach kann es nicht allzu leise zugegangen sein. Der Mann hat sogar an ihr Fenster geklopft. Mehrfach.« Die Hauptkommissarin sah Henriette prüfend an. Sie hatte wirklich einen besonders intensiven Blick, dem nichts zu entgehen schien. Aber in Henriettes Alter war man mit allen Wassern gewaschen. Und außerdem konnte sie sich wirklich an nichts Besonderes erinnern.

»Nein, wirklich nicht. Ich erinnere mich, dass ich sehr schlecht einschlafen konnte. Und deswegen zu einem kleinen Helferlein gegriffen habe.«

»Helferlein? Meinen Sie einen Schnaps?«

»Der hilft maximal nach einem Schweinebraten. Wenn Sie in meine Jahre kommen, wissen Sie, dass es zur Schlafbeihilfe etwas Stärkeres braucht.« Sie zuckte mit den Achseln. »Ich glaube, es war eine halbe Veronal.«

»Ein Barbiturat? Das gibt es doch heutzutage nicht mehr als frei verkäufliches Medikament.«

»Ich weiß. Aber ich praktiziere eine gute Vorratshaltung.« Auf die sie bis heute stolz war. Erst neulich hatte sie drei Packungen alter Nylons im Schrank gefunden. Die guten, die man noch anstelle eines Keilriemens verwenden konnte. Und die alten Glühbirnen, die sie damals auf Vorrat gekauft hatte, hielten auch so viel länger als diese neumodischen Teile.

»Sie wissen schon, wie gefährlich dieses Medikament ist? Und abgelaufen wird es auch schon jahrelang sein.« Die Kommissarin sah sie fast besorgt an.

»Das Mindesthaltbarkeitsdatum halte ich für eine Erfindung der Marke-ding … also, der, äh, … Verkaufsexperten. Nichts als ein Vorschlag zum Neukauf. Und Veronal ist auch nicht gefährlicher als andere Präparate. Wie überall macht doch die Dosis das Gift, oder nicht? Und lieber altbewährt, als Versuchskaninchen. Was der Bauer nicht kennt, das frisst er nicht, hat mein Mann immer gesagt. Glauben Sie mir, das war durchaus mühsam – aber bisschen was ist auch dran.«

»Gut. Das erklärt zumindest sehr glaubwürdig, warum Sie nichts mitbekommen haben. Der tiefe, traumlose Schlaf, der damals so beworben wurde, ist ja nichts anderes als eine ziemlich gründliche Sedierung.«

»Die ziemlich gründlich hilft.« Henriette nickte zufrieden.

»Daran habe ich keine Zweifel.« Die Polizistin notierte sich etwas auf ihren Block, und blickte dann wieder auf. »Es tut mir leid, dass sie genau von dieser Reporterin heimgesucht wurden. Babette Klier ist uns und vor allem mir keine Unbekannte, und sie ist sehr gerissen, wenn sie eine Story wittert.«

»Das habe ich gemerkt.« Davon, dass sie sich auf einen Deal mit der skrupellosen Reporterin eingelassen hatte, sagte Henriette nichts. »Ich hoffe, es behindert ihre Ermittlungen nicht, jetzt, wo es in der Zeitung stand?«

»Der Artikel hat uns vielleicht ein paar Steine auf den Weg geworfen. Der Mörder muss sich nun vielleicht etwas mehr in Acht nehmen, ein paar Menschen werden zurückhaltender sein mit dem, was sie vielleicht wissen. Aber nichts, was nicht zu lösen wäre.« Die Kommissarin erhob sich. »Vielen Dank für Ihre Zeit und für den Kaffee. Jetzt werde ich mich mal um den Rest ihrer Nachbarschaft kümmern.«

»Ist Tina auch da draußen unterwegs?«

»Ja, Inspektorin Brandt vernimmt gerade Ihre Nachbarn.«

»Dann sagen Sie ihr bitte einen ganz besonders herzlichen Gruß. Beziehungsweise geben Sie ihr einen Kuss. Von mir.« Henriette genoss das kleine Flackern von Unsicherheit in den Augen der sonst so kontrollierten Frau.

»Das werde ich machen. Also dann, alles Gute für Sie.«

11

»Diese Straße ist definitiv ein Fall für sich.« Anne runzelte die Stirn, während sie den Wagen aus der Parklücke manövrierte. »Bei manchen der Anwohner hab' ich mich gefragt, welchem Film sie wohl entsprungen sind.«

Tina musste ebenfalls lachen. »Ja, meine Tante ist in illustrer Gesellschaft.«

»Deine Tante scheint die Illusterste von allen zu sein. Im Sinne von brillant. Denn ich nehme nicht an, dass du ihr von uns erzählt hast?«

Tina schnaubte lachend. »Hat sie es dich auch wissen lassen? Mir hat sie es gestern wohl von der Nasenspitze abgelesen. Mit diebischer Freude.«

»Ich wünschte, das wäre uns heute auch gelungen. Nasenspitzentechnisch, mein ich. Irgendwelche brauchbaren Informationen bei dir?«

»Nicht so wirklich, fürchte ich. In besagter Nacht will niemand etwas gehört oder gesehen haben. Und der Tote ist auch keinem bekannt. Dafür weiß ich nun, dass Familie Grimaldi ihren Hund absichtlich sein Geschäft im Garten von Frau Dutt erledigen lässt, und sie uns schon länger deswegen kontaktieren wollte.«

»Spektakulärer als bei mir. Ich sollte dazu verführt werden, einen selbst entwickelten Superdünger zu kaufen. Zum Schnäppchenpreis.«

»Verführt …« Tina musste schmunzeln. »Was halten Sie eigentlich von Wiederholungstäterinnen, Hauptkommissarin?«

»Generell oder im Speziellen?« Anne stellte die Frage locker unschuldig in den Raum, während sie den Blick nicht von der Straße wandte.

»Ach, eher so im Allgemeinen.«

»Und das soll ich dir jetzt glauben?«

»Sie sind die Hauptkommissarin, Frau Fellner.«

Anne blickte kurz zur Seite, und wusste sofort, dass es ein Fehler war. Ihre Lust schlug tief in ihrem Unterleib ein, als sie Tinas Blick sah. »Verdammt.« Ihre Finger trommelten aufs Lenkrad, ihr Blick wanderte zum Rückspiegel – und dann wendete sie mit quietschenden Reifen auf der Straße und fuhr den Feldweg hinunter, den sie soeben passiert hatten. »Das kleine Waldstück da vorne ist doch ein guter Tatort, oder was meinen Sie, Inspektorin Brandt?«

»Wie ich schon sagte: Sie sind die Hauptkommissarin.« Aber der Satzwiederholung fehlte die Coolness von zuvor. Und jede Bodenunebenheit, die sie passierten, machte Tina unmissverständlich klar, dass ihr Hirn weit abwärts gerutscht war und sich zu purer Lust verflüssigt hatte.

Anne trat in die Bremsen, zog den Zündschlüssel, schnallte sich ab und schob den Sitz bis Anschlag zurück, und Tina zögerte nicht eine Sekunde. Sie setzte sich rittlings auf den Schoß der Hauptkommissarin und küsste sie gierig. Aber als ihre Hände unter Annes Bluse krabbeln wollten, schüttelte diese den Kopf.

»Heute bist du zuerst dran, Partnerin.« Ihre Finger machten sich bereits an Knopf und Reißverschluss von Tinas Hose zu schaffen. »Aber du darfst oben bleiben, wenn du dein Hemd aufknöpfst. Ich will ungehinderten Zugang zu deinen Brüsten.«

Tina biss sich auf die Lippen, während ihre bereits zitternden Hände sich an den fies kleinen Knöpfen des Diensthemdes zu schaffen machten. Und damit nicht genug – auch Annes Finger machten sich weiter zu schaffen und glitten unter den Stoff ihres Slips. Und tiefer.

»Ah, ah …«

»Ja, Geplänkel macht mich heiß.«

»Scheint so.« Anne ließ ihre Finger langsam eindringen. »Und das?«

»Macht mich heißer.«

Die Hauptkommissarin ließ ihre freie Hand aufwärts wandern.

»Mich auch.« Mit einer ruckartigen Bewegung zog sie Tinas Oberkörper näher heran, bis ihr Gesicht zwischen ihren Brüsten lag. »Genieß den Ausritt auf verbotenen Wegen, Inspektorin.« Die Aufforderung hätte sie sich sparen können. Diese Art Himmelsritt konnte man nur genießen, egal wie verboten er auch sein mochte.

***

Anne ließ ihre Finger noch einen Moment verweilen, während Tina versuchte, zu Atem zu kommen. »Sie haben eine ziemliche Kondition bei Ihrer eifrigen Mitarbeit, Inspektorin.«

»Ha.« Tina beugte sich vor und küsste Anne fest auf den Mund. »Ich denke, bezüglich Kondition sind wir ebenfalls ein ziemlich gutes Team. Langer Atem und so.«

»Momentan schwächelst du etwas, was das betrifft.«

»Talent macht atemlos. Aber meine Kondition hat nicht
darunter gelitten. Beweis gefällig?« Tinas Hand griff nach unten,
und Anne kippte mit der Stuhllehne – und einem kleinen
Überraschungsschrei – nach hinten. »Machen Sie es sich bequem,
Hauptkommissarin. Während ich mich mal um dringliche Belange
hier unten kümmere.« Und wieder ging sie auf die Knie, wenn auch
in weitaus beengteren Verhältnissen als das Mal zuvor. Aber sie
wusste, wie sehr die schöne Hauptkommissarin darauf stand. Und
Wünsche dieser Art erfüllte sie auch ungefragt sehr gerne.

***

»Wir müssen damit aufhören.«

»Ich weiß. Wiederholungstäterschaftsende hiermit eingeläutet.«
Tina warf sich zurück auf den Beifahrersitz und pustete sich die
Haare aus der Stirn. »Aber es war zu verlockend.«

»Ja. Es war unglaublich gut. Zu gut. Du bist …« Anne atmete
tief aus. » Wie auch immer. Als deine Chefin untersage ich dir jede
weitere Annäherungsaktion, verstanden?«

»Ist das ein Befehl?«

»Zumindest ein dahingehender Versuch, ja.« Der Blick der

Kommissarin wurde weich, und sie beugte sich für einen flüchtigen Kuss hinüber. »Wir müssen jetzt vernünftig sein. Es wäre jammerschade, wenn die örtliche Polizei zwei gute Cops wegen ungehörigen Benehmens feuern müsste und deswegen Mörder ungestraft davonkommen, oder?«

»Wenn du es so formulierst, dann ja. Wenn wir allerdings nicht im gleichen Revier arbeiten würden ...«

»Hör auf, Tina. Wir haben genossen, was drin war. Wir *müssen* aufhören.«

»Müssen muss man aufs Klo.«

»Wir arbeiten im gleichen Revier. Und ich brauche deine talentierten Finger für den ganzen Schreibkram, den dieser Fall nach sich ziehen wird. Glaub bloß nicht, dass ich das selber machen werde. Und jetzt steck dir dein Hemd anständig in die Hose, wir fahren.«

»Mhm. Aber wirf du selber vorher mal einen Blick in den Spiegel, Hauptkommissarin Fellner.« Tina grinste. »Lassen wir die Fenster auf, dann bläst der Fahrtwind dir hoffentlich die Luströte aus dem Gesicht, bevor wir am Revier ankommen.«

12

Die Informationen des heutigen Tages beschäftigten
Hauptkommissarin Anne Fellner noch bis spät in die Nacht. Neben
der Tatsache, dass Inspektorin Brandt in gewissen Bereichen ihres
Körpers einiges an Unordnung stiftete – und ein ganz gewisser
Bereich die Nachhaltigkeit ihrer Wiederholungstäterschaft noch zu
eindeutig spürte –, war ihr Hirn damit beschäftigt, die
Schlafmittelspuren im Magen des Opfers mit dem Veronal-Konsum
von Tinas Großtante zu vereinbaren. Oder eben
auseinanderzudividieren. Wenn es ein Barbiturat gewesen wäre,
hätte Peter es sicher explizit betont, oder? Sie musste morgen sicher
gehen, aber ohne dass Tina es mitbekommen würde. Der Partnerin
gleich zu Beginn Informationen vorzuenthalten war zwar entgegen
ihres Kodex, aber sie wollte nicht grundlos einen Verdacht und
daraus folgenden Unfrieden stiften, wenn es nicht nötig war. Es hatte
auch so schon kompliziert genug begonnen. Diese Frau hatte aber

auch allzu talentierte Hände. Unter anderem.

***

Es stand also fest, dass sie sie dumm sterben lassen würden. Und Henriette hatte nach längerem Nachdenken befunden, dass sie das nicht hinnehmen würde. Ihre Straße, ihr Garten, ihre Leiche – und es war ihr egal, dass sie nicht den Sheriffstern trug. Sie würde nicht tatenlos hier sitzen, während die Polizei einen Mörder suchte, der in ihrem Garten gewesen war. Auch wenn das hier nicht der Wilde Westen war, mit Selbstjustiz und Schusswaffen und Goldvorkommen – man durfte schon etwas fuchsteufelswild werden, wenn jemand einfach so das Eigentum misshandelte. Und womöglich noch hier in der Nähe war. Und außerdem: wenn tote Menschen anfingen, einfach so in den Gärten herumzuliegen, war das schon irgendwie ein Schlag mit dem Handschuh ins Gesicht. Eine Aufforderung zum Duell. Auf der Seite der Guten, versteht sich.

»Mein wilder Westen«, flüsterte Henriette entschlossen. Sie kannte sich hier aus, sie würde etwas finden. Und ihrer Nichte unter die Arme greifen. Und für Ruhe sorgen – zumindest für das, was die Ottostraße bislang darunter verstanden hatte.

Die Ottostraße – das war in der Tat alles andere als eine normale Umgebung. Der gleichnamige Komiker hätte sich hier ruhigen Gewissens an Charakteren bedienen können, und jeder hätte es seiner reichlich vorhandenen Kreativität zugesprochen. Doch der Otto der Ottostraße – denn tatsächlich wohnte auch hier ein gleichnamiger Vertreter menschlicher Gattung – war eher ein fader Geselle. Er hatte einen Steingarten, das sagte doch schon alles, oder? Grau und leblos. Und seine augenscheinliche Abneigung gegen Lebendiges brachte ihn auch sogleich auf Henriettes Liste der Verdächtigen. Aber die Erste auf der „schwarzen Liste" – etwas abenteuerlich durfte es ihrer Meinung nach schon klingen – war die alte Graus von nebenan. Also Frau Krauss, um höflich zu bleiben. Und um es sich einzubläuen, damit sie sie nicht mit dem in der Straße geläufigen und wenig schmeichelhaften Spitznamen ansprach. Und warum stand gerade sie ganz oben? Henriette hatte den ganzen Tag sorgsam über alles, was sie bisher wusste, nachgedacht. Die Hauptkommissarin à la Dietrich hatte davon gesprochen, dass der nun Tote an ihr Fenster geklopft hatte. Und dass es nicht leise zugegangen sein konnte. Sie stand zu dem Zeitpunkt unter dem Einfluss von Schlafmittel – die Graus aber möglicherweise nicht. Die saß normalerweise bis spät in die Nacht am Fenster. Also musste sie doch irgendetwas mitbekommen haben. Und so pirschte sich Henriette am späteren Nachmittag unter Frau Krauss' wachsamem Blick versucht unverdächtig heran.

»Guten Tag, Frau G…Krauss. Schönes Wetter heute, nicht wahr?«

»Hm.« Sie hatte das Fenster zwar geöffnet, aber ihr Gesicht lag im Schatten. Und die frische Luft war um sie herum so vernebelt, dass Henriette schon drei Meter vorher kaum mehr etwas anderes riechen konnte als Rauch.

»Ich wollte Sie fragen, ob Sie vielleicht ausnahmsweise eine Zigarette für mich hätten? Die letzten Tage waren so aufwühlend, dass ich unglaublich große Lust auf einen guten alten Glimmstängel bekommen habe.« Nur nicht schon bei der Frage husten, um die Glaubwürdigkeit nicht gleich ad absurdum zu führen.

»Mhm.« Die Graus hielt ihr die Zigarettenpackung aus dem Fenster entgegen. Die Marke war Henriette gänzlich unbekannt.

»Danke, das ist sehr freundlich.« Sie fischte eine Zigarette heraus und reichte die Packung im Tausch gegen das Feuerzeug zurück. Bereits der erste vorsichtige Zug ließ ihre Lungen fast explodieren. Was zum Teufel war denn das für ein Kraut? Nepalesische Bergziege? Sie hüstelte leicht. »Ist ein Weilchen her, dass ich geraucht habe. Bei Ihnen nicht, was?« *Doofe Frage.*

»Nein.«

»Seit wann rauchen Sie denn schon?«

»Immer.«

Gesprächig sah anders aus. »Sie mögen keinen Smalltalk, oder?«

»Nein.«

»Was mögen Sie dann?«

Die Frage schien die Nachbarin etwas aus dem Konzept zu bringen. Sie kaute auf ihrer bereits erloschenen Zigarette herum, bis sie schließlich mit einem Seufzer nach einer neuen griff. Das Feuerzeug flammte auf und glitzerte in ihren Augen. »Meine Ruhe.«

»Ja. Aber die habe ich Ihnen nun all die Jahre gelassen.«

»Stimmt.« Wieder ein Zögern. »Wie viele Fragen haben Sie noch, außer der jetzigen?«

Henriette überlegte. »Eine weitere, nach deren Beantwortung.«

»Klingt fair.« Die Graus ließ ihren Blick schweifen. »Ich mag die Nacht, ich mag Frauen. Und ich mag ihre Rosen. Und Ihre.« Ihr Blick heftete sich auf Henriette. »Damit habe ich Ihre nächste Frage schon ganz gut antizipiert, oder?« Belustigung funkelte in ihren Augen. »Sie möchten wissen, was ich weiß.«

»Ja, das stimmt.« Wenn man so Nagel auf den Kopf enttarnt

73

wurde, konnte man die Karten auf den Tisch legen.

»Also für die gute Nachbarschaft über all die Jahre. Ich weiß, dass die eine Polizistin Ihre Nichte ist. Sehr hübsch übrigens.« Sie gab – ohne das Gesicht zu verziehen – ein Geräusch von sich, das wie ein Lachen klang und in einen furchtbaren Hustenanfall mündete. »Ich weiß, dass Sie ihr helfen wollen, sofern Sie können. Und ich weiß, dass jemand in besagter Nacht in Ihrem Garten war. Einer davon ist tot. Wer die andere Person ist … da Sie mich scheinbar verdächtigen – ja, ich könnte es gewesen sein. Oder aber jemand anderer. Aber Sie wissen ja, man sieht nur die im Lichte, die im Dunkeln sieht man nicht.« Die Graus hielt ihr unaufgefordert den Aschenbecher hin. »Ich denke, Sie haben fertig geraucht.«

Henriette drückte die stinkende Zigarette aus. »Das heißt im Klartext, selbst wenn Sie etwas wüssten, Sie würden es mir nicht sagen?«

»Ich kenne Sie kaum, Frau Steiner. Verraten Sie jeder fremden Person Ihre Geheimnisse?«

»Nein. Aber da lag ein Ermordeter in meinem Garten, und es wäre wirklich sehr freundlich …«

»Nicht mein Garten, sondern Ihrer, richtig. Somit nicht mein Problem. Ich wünsche Ihnen einen schönen Tag, ich mache mal das

Fenster zu. Es zieht.«

13

Der Ball flog über die Hecke, als Henriette gerade dabei war, ihre Rosen zu gießen – und den Winkel abzuschätzen, in dem die alte Graus vom Fenster aus Einblick in ihren Garten hatte. Dunkel hin oder her, sie musste …

»Entschuldigung?«

Henriette blickte zur linken Seite, wo die Thuja gerade zu sprechen begonnen hatte. Mit sehr kindlicher Stimme. »Ja?«

»Ähm … könnten Sie mir meinen Ball zurückwerfen bitte?«

»Hm.« Sie trat näher und blickte über die Hecke. Ein sommersprossiges Gesicht versuchte vergebens, durch die dichten Zweige in ihren Garten zu spähen.

»Und wer bist du?«

»Felix. Und du?«

»Ich wohne hier.«

»Nö. Ich wohne hier. Du wohnst da drüben.«

Kinderlogik war unbestechlich. Wie alt mochte der Knirps sein?
Acht oder neun, schätzte sie. Allerdings war Henriette altersbedingt
auch schon fast wieder auf dieser Ebene der Konversation. Oder
zumindest konnte sie dieser Herausforderung nicht widerstehen.
»Aber ich wohne hier drüben schon länger als du da drüben. Ich
habe dich noch nie zuvor gesehen.«

»Ich dich aber auch nicht.«

Er war ihr eindeutig überlegen. »Also gut. Ich heiße Henriette.
Und ich habe deinen Ball. Hast du ihn geworfen oder geschossen?«

»Na, guck doch mal. Ist ein Fußball, oder? Also geschossen, wie
es sich gehört.«

»Nun gut, dann werde ich ihn aber auch schießen, weißt du.«

»Dann los. Ich mache den Torwart für dich.« Er sprang von der
Hecke weg und stellte sich in Bereitschaft, die Füße etwas
auseinander, die Hände zu den Seiten ausgestreckt. »Geht schon los.«

Henriette ging zum Ball und legte ihn sich vor den linken Fuß.
Dann trat sie einige Schritte zurück. Visierte an. Hob den linken Fuß
– und merkte, dass sie nun doch zu weit entfernt war.

»Schießt du?«, kam die ungeduldige Stimme von jenseits der
Hecke.

»Ja, gleich.« Henriette hüpfte mühevoll auf dem rechten Bein näher an den Ball heran, die Brauen fest zusammengekniffen um das Ziel nicht aus den Augen zu verlieren. Sie keuchte vor Konzentration und Anstrengung. Das letzte Mal auf einem Bein gehüpft war sie vor gut fünfzig Jahren. Beim Gummitwist.

»Und?«

»Jaaa … haaa … « Sie holte noch einmal mit dem linken Bein aus, so schwungvoll, dass jeder Stürmer der Nationalmannschaft neidisch gewesen wäre – und ihr Kreuz ächzte wie ein alter Baum im Sturm. Aber sie biss die Zähne zusammen und zog durch. Und das runde Leder flog. Über die Hecke und noch etwas weiter. Dann ertönte ein Rumms. Und Felix rief begeistert von drüben.

»Toooooor!«

Die andere Stimme, die über die Hecke schallte, klang allerdings einiges weniger begeistert.

»Was zum Teufel … ?!«

Henriette versuchte gleichzeitig, sich zu ducken und über die Hecke zu schielen. Sie sah Felix, der den Ball in beiden Händen hielt und Herrn Wagner, der gerade wutschnaubend aus der Terrassentür getreten war.

»Ich hab' dir doch gesagt, dass du hier hinten im Garten nicht mit dem Ball spielen sollst. Vorne ist doch genug Platz.«

Henriette hob den Kopf ein Stück weiter über die Thujen und fing Felix' Blick auf. Er rollte demonstrativ mit den Augen und zwinkerte ihr zu. In keinster Weise schuldbewusst. Aber es war ja auch sie gewesen, die den Ball so unglücklich geschossen hatte. Und was hatte sie denn eigentlich getroffen? Sie richtete sich zu ihrer vollen Größe auf und addierte noch ein paar Zentimeter, indem sie sich auf die Zehenspitzen stellte.

Herr Wagner stand zwischen den Statuen, die den hinteren Teil seines Gartens schmückten – und der Grund sein mussten, warum Felix das Ballspielen dort untersagt worden war. Vor einigen Jahren hatte ihr Nachbar mit seinem neuen Hobby begonnen und inzwischen mochten es gut acht Statuen sein. Ein leerer Sockel stand etwas rechts von ihr, scheinbar war er wieder in der Garage am Werken. Zumindest deuteten keine herumliegenden Scherben darauf, dass ihr Schuss das Kunstwerk vom Sockel gefegt haben könnte.

Sie richtete ihre Augen wieder auf Herrn Wagner, der inzwischen bei der Statue des Diskuswerfers stand – der ohne Diskus war. Die weiße Scheibe lag im Gras, weiße Steinfinger umklammerten noch ihren Rand. Sie hatte mit ihrem Wurf den

Werfer entwaffnet und seine Hand verstümmelt. Ein kleines Grinsen entschlüpfte ihr. Ziemlich guter Schuss. Aber es verschwand, als sie den Blick des Nachbarn auf sich spürte. *Ertappt.*

»Guten Tag, Herr Wagner.« Sie nickte ihm freundlich zu und wollte gerade ansetzen, sich doch zu entschuldigen, als Felix sich im Rücken seines – wahrscheinlich – Großvaters umdrehte und warnend den Kopf schüttelte. Dann wandte er sich um, und wirkte auf einmal sehr schuldbewusst. »Tut mir leid. Ich werde den Ball selber wegsperren, okay? Damit so etwas nicht noch einmal vorkommt.«

Er war schlau – und ein ziemlich guter Schauspieler. Diese Worte mussten auch das Herz ihres immer etwas mürrischen Nachbarn erweichen, vor allem, wenn sie in einem Verwandtschaftsverhältnis standen. Fast atemlos beobachtete Henriette, wie diese Worte nahezu in Sekundenbruchteilen den Zorn vom Gesicht des Herrn Wagner wischten.

»Ist schon gut, nicht so schlimm. Aber ab sofort spielst du nur noch vorne im Garten, abgemacht?«

»Mhm.« Und als hätte er nicht schon genug Meisterleistung bewiesen, blickte dieser kleine Schelm nun noch über die Schulter und zwinkerte ihr erneut breit grinsend zu. Er hatte ihre vollste

Hochachtung.

»Ich wünsche Ihnen noch einen schönen Tag, Frau Steiner.«
Herr Wagner schien genug davon zu haben, dass seine Nachbarin
ungeniert über die Hecke schielte. Sie beschloss, sich zurückzuziehen.

»Ebenso, Herr Wagner. Herrliches Wetterchen heute, nicht
wahr.«

Sie ließ sich endlich wieder auf das gesamte Fußgewölbe
niedersinken, und wäre stürzte fast, als ihre überforderten Muskeln
protestierten. Na, das konnte ja heute noch heiter werden. Um sich
weder vor ihrem Nachbarn noch Bor sich selber die Blöße zu geben,
winkte sie noch einmal fröhlich über die Thujen, bevor sie zum Haus
zurückschlurfte.

»Opa, die Statue blutet.«

»Nein, das ist mein Blut. Ich hab' mich gerade an der scharfen
Bruchkante geschnitten. Aber stimmt, sieht fast so aus, als wäre es die
Statue.«

»Das wollte ich nicht …«

»Ich weiß. Geh schon mal ins Haus und sag deiner Oma, sie soll
Verbandszeug und einen Schnaps rausstellen. Und, auch wenn du es
gerade wirklich nicht verdient hast, ein Eis für dich. Ich räum hier
schnell auf, bevor sich noch jemand verletzt.«

Henriette nickte wissend. Der Enkel. So, wie sie angenommen hatte. Und was für ein feiner Junge. Er hatte sie nicht verraten, sondern sogar die Schuld alleine auf sich genommen. Sie beschloss, sich mit einer großen Portion Erdbeeren mit Sahne zu revanchieren. Morgen. Heute gab es ja schon ein Eis. Man sollte es mit dem Süßkram ja nun nicht übertreiben. Aber sie war froh, dass Herr Wagner seinem Enkel nicht böse war. Sie wäre ihm sicher nicht so glimpflich davongekommen. Aber sie zahlte ihren Preis trotzdem. Ihr Rücken und die Beine würden sie sicher den ganzen Abend lang lautstark an die Strapazen des heutigen Tages erinnern.

14

Kein Barbiturat, sondern ein stinknormales Schlafmittel. Aufgelöst in Alkohol. Hauptkommissarin Fellner war erleichtert drüber, dass Tinas Großtante unschuldig war – aber gleichzeitig strich diese Tatsache auch die bisher einzig wirkliche Tatverdächtige von ihrer Liste. Und das war höchst unerfreulich. Sie mussten langsam Meter machen, bevor der Täter über alle Berge war – oder sich sicher genug fühlte, um womöglich einen weiteren Mord zu begehen. Sie brauchten irgendetwas Handfestes. Nein, *sie* brauchte etwas Handfestes, das nicht den Namen ihrer Untergebenen und Partnerin auf Streife trug – um ebendiese und den gottverdammt guten Sex mit ihr aus ihrem Hirn zu kriegen. Als Team brauchten sie etwas, das sie weiterbrachte. Und zwar schleunigst, denn auch das würde ablenken. Erfolge ersetzten zwar nicht die Macht eines Höhenfluges – aber das Gefühl war ein ähnliches. Und es gab im Regelfall keinen Kater.

***

Henriette hielt Wache. In einer Wolljacke, am geöffneten Küchenfenster. Und in absoluter Dunkelheit, damit niemand sah, dass sie Wache hielt. Tarnung war alles. Aber es gab Spannenderes als das hier. Und es hatte immer spannender gewirkt, wenn die Polizisten im Fernsehen Wache gehalten hatten. Weil kurz darauf immer etwas passiert war. Bei ihr war es die dritte Nacht in Folge, und sie spürte nur den Schlafentzug, der sie etwas grummelig machte. Sonst war nichts los. Rein gar nichts. Sie beschloss, dieses Hobby in Zukunft wieder der Graus zu überlassen. Die ja scheinbar damit zufrieden war, zu gucken, um dann angeblich nichts gesehen zu haben.

Aber dann hörte sie etwas. Sie kniff die Augen zusammen, lehnte sich etwas vor und lauschte angestrengt, weil man das eben so machte. Nicht, weil es sonst zu überhören gewesen wäre. Eine Schubkarre rumpelte so leise durch die nächtlichen Straßen, wie es möglich war. Also in keinster Weise leise.

Aber Henriette war es dafür umso mehr, als sie in ihre weichen Schuhe schlüpfte, zur Taschenlampe griff und die Tür leise hinter sich zuzog.

Da das Gartentor quietschte, versuchte sie, ihren nicht nicht mehr allzu athletischen Körper drüberzuwuchten. Es gelang ihr beim zweiten Anlauf, zum Glück war es nur hüfthoch. Aerobic war somit auch getan. Und aus welcher Richtung kam nun das Rumpeln?

Sie lauschte erneut, indem sie ihre Augen fest zukniff. Für einen Moment war es totenstill. Und dann hörte sie es wieder. Von rechts also. »Gut.« Eilig schlug sie die Hand vor ihren Mund. Sie war Selbstgespräche so sehr gewohnt, dass sie ihr sogar jetzt entschlüpften, während sie den Täter verfolgte. Aber das rumpelnde Geräusch klang weiterhin zuverlässig von rechts, sie schien also nicht gehört worden zu sein. Eilig schlich sie weiter. Und da war er – ein Schatten am Rande der Straße, wenige Schritte von ihr entfernt. Sie beschloss, ihn zu überholen und zu stellen. Im Notfall würde sie einfach laut schreien, dann würde schon Hilfe kommen.

Henriette atmete tief durch, setzte den Daumen auf den Einschaltknopf der Taschenlampe und spurtete los.

Sie überholte mit nahezu übergroßer Grazie den schiebenden Schatten, und erschreckte ihn fast zu Tode, als sie von vorne auftauchte und das Licht der Taschenlampe direkt in das Gesicht der Person richtete. »Erwischt, Halunke.«

»Henriette. Bist du von allen guten Geistern verlassen? Ich hab'
einen halben Herzinfarkt bekommen.«

»Was?« Sie blinzelte und besah sich das Gesicht ihres
Gegenübers genauer. Es war Albert. Ihr guter alter Albert. »Du?
Was in aller Welt machst du denn hier?«

»Und du? Und nimm doch mal das Blenden weg aus meinem
Gesicht.«

»Entschuldige.« Henriette richtete den Schein der Taschenlampe
Richtung Boden, und Albert blinzelte mehrfach.

»Jetzt seh' ich gar nichts mehr.«

»Kneif' mal die Augen zu, dann wird's wieder. Und?«

»Ja, ja, geht schon wieder.«

»Also?«

»Also was?«

»Was machst du hier, noch dazu mit der Schubkarre?«

»Wer will das wissen? Deine Polizistinnennichte?«

»Nein, ich. Ich dachte nämlich gerade, du wärst der Mörder des
Toten in meinem Garten.«

»Der Mörder des Toten?«

»Ja. Also der Mörder von dem Mann, der dann tot in meinem
Garten … ach, du weißt schon, was ich meine.«

»Weiß ich. Aber warum sollte ich das sein?«

»Weil du hier mitten in der Nacht wie ein Verbrecher herumschleichst. Zumindest du, deine Karre ist so laut, dass sie wohl auch den Toten geweckt hätte.«

»Ich geh' Holz klauen. Im Park. Mir der jämmerlichen Rente geht ja nix.« Er zuckte mit den Schultern. »Also wohl ein Verbrecher, nach dem Gesetz. Aber sicher nicht der Mörder des Toten … also, des Mannes in deinem Garten. Du weißt schon, was ich meine.«

»Mhm.« Henriette blickte ihn von oben bis unten an. »Und jetzt?«

»Jetzt geh ich Holz klauen und du wieder ins Bett.«

»Und wann kommst mal zu Besuch?« Und heraus war es. Und es war an Albert, etwas bedröppelt auszusehen.

»Hm. Könnte ich wohl mal, was?«

»Würd mich freuen.« Henriette beschloss, ihn nicht weiter unter Druck zu setzen, mitten in der Nacht. »Und komm dann auch heile wieder heim.«

»Ja. Gute Nacht dann also.«

»Ja.«

15

»Du hast mich gestern nicht an deinen Opa verraten.«

»Nö.« Felix leckte sich einen Batzen Schlagsahne vom Finger.

»Und warum nicht?«

»Weil es mein Ball war. Und weil ich keinen Ärger gekriegt hätte, aber du schon. Und …« Er grinste schelmisch. »Und weil ich weiß, dass man eine Belohnung kriegt, wenn man dichthält.«

Henriette schmunzelte. »Und, zufrieden mit der Belohnung?«

»Volle.«

***

»Der Junge hat gerade gegrinst wie ein Schneekuchenpferd. Was haben Sie denn mit dem gemacht?« Frau Wagner spähte neugierig durch die Thujen.

»Erdbeeren mit Sahne.«

»Kein Wunder, dass das funktioniert hat.«

»Möchten Sie auch welche? Der Junge hat noch ein paar übriggelassen.«

»Wer könnte denn da Nein sagen?« Frau Wagner strahlte fast. »Das habe ich als Kind schon geliebt.«

»Na, dann wollen wir doch mal eine Erinnerung anstupsen, was? Warten Sie dort, ich reiche Ihnen eine Schüssel hinüber, damit Sie nicht wie ihr Enkel durch die Hecke robben müssen.«

»Nein, wirklich. Das geht nicht mehr. Obwohl auch das eine Erinnerung wäre.«

»Na, ich denke, eine reicht für heute, was?«

Henriette holte ein Schüsselchen voll aus der Küche und drückte es der noch immer strahlenden Frau Wagner in die Hände. »Hauen Sie rein.«

Frau Wagner kaute zufrieden auf beiden Backen. »Na, Sie wissen, wie man Leuten Honig um den Pinsel schmiert. Wirklich, das muss ich auch mal wieder machen. Wie man die Dinge vergisst, wenn sie aus den Augen sind. Sowas.«

Henriette fiel ein, dass es auch bei diesen Nachbarn ja durchaus die Möglichkeit gab, dass sie Zeugen von etwas gewesen waren. Fragen kostete nichts, vor allem, da sie sich beide gerade so andächtig an den Thujen gegenüberstanden. »Die Polizei war auch bei Ihnen zur Befragung, oder?«

»Ja.« Frau Wagners Augen wurden groß und ihr Mund rund, wie bei plötzlichem Erstaunen. »Unglaublich, oder? Ein Mord, hier bei uns!« Der Mund wurde noch runder. »Und dann auch noch in Ihrem Garten!«

»Ja, direkt hinter mir.«

»So was.« Frau Wagner blickte an Henriette vorbei, als sähe sie ihren Garten zum ersten Mal – oder mit ganz neuen Augen. »Ich kann das kaum glauben. Und ich bin so froh, dass ich nichts gesehen habe. Obwohl ich ja direkt nebenan wohne. Das hätte mich ganz schön fertig gemacht. Und wie muss es Ihnen erst gehen.« In ihren Blick schlich sich Besorgnis, genauso plötzlich, wie das Erstaunen dort Platz gefunden hatte. Übergangslos. »Wie geht es Ihnen?«

»Gut soweit, denke ich.« Henriette bemerkte, dass sie mit ihrer Nachbarin bislang wirklich kaum mehr als ein paar freundliche Worte gewechselt hatte. Diese abrupten Stimmungsschwankungen und ihre absolute Ausschließlichkeit irritierten sie. »Ich denke, die Polizei hat alles gut im Griff.«

»Na, das hoffen wir doch mal.« Frau Wagner warf dramatisch die Hände in die Luft. »Darauf muss man sich doch verlassen können. In Zeiten wie diesen.«

»Sie haben also auch nichts mitbekommen?« Henriette versuchte es vorsichtshalber noch einmal auf Nummer sicher.

»Nein. Nichts. Das wäre auch zu viel für mich gewesen, wissen Sie. Ich hab's etwas mit den Nerven. Deshalb gehe ich früh schlafen, und nehme immer etwas von meinem Wundermittelchen. Sonst würde ich am nächsten Tag auf dem hohlen Zahn gehen.«

»Ja. Ich verstehe. So, nun muss ich aber wieder …« Henriette spürte, wie ihre Nerven bereits vibrierten. Und das nach nur wenigen Minuten intensiveren Gesprächs. Wenn man die Frau selber war, brauchte man wohl wirklich ein „Wundermittelchen", um das Leben halbwegs zu ertragen. »Ich wünsche Ihnen noch einen schönen Tag.«

»Ihnen auch. Und danke. Das Schüsselchen gebe ich Ihnen frisch gewaschen zurück, nicht wahr?«

»Ja, keinen Stress bitte.« Sie sagte es eigentlich mehr zu sich.

***

Sie brauchte einen Partner in Crime, das stand fest. So wie Miss Marple ihren Mister Stringer hatte. Jemanden, der ebenso neugierig war wie sie. Der das Herz am rechten Fleck hatte, gern Kuchen aß und Kaffee oder wenigstens Tee trank, der zumindest mit dem Smartphone und seiner SMS-Funktion ähnlich ausreichend umgehen konnte wie sie. Jemanden, auf den sie sich verlassen konnte. Zumindest solange, bis dieser Mord geklärt war. Dann würde sie gerne wieder alleine vor sich hinwirtschaften – sie hatte schon den größten Teil ihres Lebens mit Familie und Mann geteilt, das sollte reichen. Aber solange die Möglichkeit bestand, dass sich Leichen in ihren Garten verirrten, wäre etwas Backup durchaus gewünscht. Und vier Augen sahen mehr als zwei.

Felix hätte das Zeug dazu, das wusste sie. Aber er war zu klein, um tote Menschen sehen zu müssen. Kindern sollte man so etwas solange ersparen, wie es nur ging. Sie hatte es viel zu früh erleben müssen, und sie wusste, dass es für die Psyche nicht allzu förderlich war, wenngleich es die Resilienz erhöhte. Aber was nicht nötig war, sollte man nicht für das andere eintauschen müssen.

Tina wiederum war zu sehr Profi, als dass sie erlaubt hätte, dass ihre alte Tante Detektivin spielte. Es war ja schon jetzt so, dass ihr keinerlei Informationen zu entlocken waren. Sie musste ihr also unbemerkt unter die Arme greifen. Außerdem hatte sie mit ihrem „Crush", wie man heutzutage sagte, genug um die Ohren. Ein Wort, das – wenn man es laut aussprach – klang, als würde man auf eine Handvoll Chips beißen. Dieses Englisch war schon eine sehr merkwürdige Sprache.

Albert hätte ebenfalls das Zeug zu einem Mister Stringer. Und, wenn sie es so betrachtete, dann war er wohl auch die einzige Wahl. Aber ihn würde sie wohl kaum überzeugen können. Oder? Jetzt, wo Fred tot war, wäre es doch eine gute Gelegenheit, wieder dort anzuknüpfen, wo sie aufgehört hatten. Eine Freundschaft zu zweit, ohne den dritten Mann, der ihn scheinbar so gestört hatte. Sie könnte es versuchen. Außerdem mochte sie Dinge, die etwas aussichtslos erschienen. In ihrem Alter konnte man dem Schicksal ohne große Sorge die Stirn bieten. Es gab nichts mehr zu verlieren, denn der Gevatter hatte ihre Adresse sowieso schon weit oben in seinem schwarzen Buch. Ja, der Plan gefiel ihr. Es würde dafür allerdings mindestens wieder einen Zitronenkuchen brauchen. Nach einem Blick auf die Uhr verschob sie es auf morgen. Sofern der alte Herr nicht gerade wieder Feuerholz im Park stahl, würde er wohl schon schlummern. Sein Schlafbedürfnis war schon immer gegen enorm gewesen.

16

Albert stand tatsächlich eine Stunde nach ihrem Anruf vor ihrer Tür. Etwas herausgeputzt, was sie zugleich freute und amüsierte. Er sah aus, als würde er in ein Kaffeehaus gehen und danach noch bei einer Hochzeit vorbeischauen wollen.

»Schön, dass du da bist. Hereinspaziert. Wir haben viel vor.«

»Vor? Ich dachte, wir trinken Kaffee und solche Dinge?«

»Ja, Kaffee, Zitronenkuchen – und ein Attentat.«

»Einen deiner heißbeliebten Krimis?«

»Nein, heute nicht. Mein Leben ist gerade ein echter Krimi. Das Attentat braucht uns als Teilnehmer, nicht als Zuschauer. Live und in Farbe.«

»So, so. Hast du davon noch nicht genug, nach dem Toten in deinem Garten?« Das erste Mal, dass er es erwähnte.

»Ich hab' sogar so genug davon, dass ich beschlossen habe, die Sache selbst in die Hand zu nehmen. Und gemeinsam mit dir …

sofern du Interesse hast.« Sie zögerte. »Ich könnte wirklich deine Hilfe gebrauchen.«

»Und ich deinen Kaffee. Samt Kuchen. Fürs Erste. Alles andere danach, okay?«

»Dann setz' dich doch mal entspannt hin. Ich serviere.« Sie war froh, dass er nicht direkt abgelehnt hatte. Das war wohl mehr, als sie erwarten konnte. Diese Ungeduld schwand auch nicht mit dem Alter. Als Ausgleich dafür haute sie ihm eine extragroße Portion Sahne auf das dicke Stück Kuchen.

»Und, wie ist es dir so ergangen?«

Albert deutete kauend auf seinen Mund und zuckte mit den Achseln. Das war das Problem, wenn man Essen reichte – man kam nicht anständig zum Plaudern. Und bei Albert war es schon damals so gewesen, dass er nach einem Essen – auch nach Kuchen und trotz Kaffee – allzu gerne einschlief. Eigentlich schlief er immer allzu gerne. Und sie bezweifelte, dass sich das geändert hatte. Also war ihr Zeitfenster erheblich schmal.

»Na gut, dann erzähle ich mal, was ich mir so denke. Der Tote lag in meinem Garten. Und meine Nichte, Tina, die ist Polizistin. Und nun könnte man doch annehmen, dass ich vielleicht involviert werde, aber genau das Gegenteil ist der Fall. Dabei sitze ich hier mittendrin, ich könnte wertvolle Informationen beisteuern. Und weißt du was, genau das habe ich trotzdem vor. Aber keine gute Ermittlerin arbeitet alleine. Ich brauche einen Partner. In Crime. Das heißt, einen Kumpanen für das Verbrechen. Also, für dessen Aufklärung. Und ich hätte gerne dich.«

Albert runzelte die Stirn, und sah mit seinen vollen Backen für einen Moment aus wie ein verfressenes Eichhörnchen. Ein gut betagtes. »Mhm.«

Und Henriette nahm diese Lautäußerung als zustimmende Aufforderung, ihm ihre geplante Vorgehensweise zu schildern, beginnend mit ihrer ersten Befragung der alten Graus, bis hin zu ihrem Vorhaben, die ganze Straße zu *infiltrieren*. Höchst unauffällig natürlich. Und als sie fertig war, war der alte Herr eingenickt, wie prophezeit.

»Wir müssen das alles viel professioneller angehen.« Henriette runzelte über der Kaffeetasse die Stirn. »Viel professioneller.« Nur wie, das wusste sie noch nicht. Dennoch tat es gut, mit jemandem darüber reden zu können. Auch wenn der dabei einschlief. »Ich werde wohl trotzdem alles alleine machen müssen.« Sie flüsterte es fast, um Albert nicht zu wecken. Denn es hatte etwas Vertrautes, ihn dort sitzen zu haben. Und das wärmte.

***

»Hast du mich gerade geblickfickt?« Anne blickte von ihrem Computerbildschirm auf und Tina an, die schon eine Weile im Türrahmen gestanden und sie schweigend angesehen hatte.

»Hm? Nein, ich habe mich lediglich gefragt, welche Farbe deine Unterwäsche heute hat. Die neulich im Auto mit den Streifen war nämlich ganz süß.«

»Ahaa. Gefährliches Terrain, Inspektorin Brandt. Wir wollten doch davon Abstand nehmen, unsere Hände auf heiße Herdplatten zu legen, oder?«

»Von wollen kann keine Rede sein.« Tina hob beide Arme, bevor Anne Fellner etwas entgegnen konnte. »Schon gut, ich gebe auf.« Sie nahm den Aktenordner, und wandte sich zum Gehen. Aber bevor sie die Tür öffnete, drehte sie sich noch einmal um. »Und?«

»Was?«

»Welche Farbe?«

»Mach, dass du rauskommst, du freches Ding.«

Tina biss sich fest auf die Lippen, um das überaus breite Grinsen zu verbergen, als sie an ihren Kollegen vorbei zu ihrem Schreibtisch ging. Oh, das machte einfach allzu viel Spaß. Umso mehr, als kurz darauf ihr Handy bingte.

„Dunkelrot. Und du bist unsäglich."

„Mit Vergnügen."

17

Henriette ließ den Müllwagen passieren, bevor sie sich schickte, die Straße zu überqueren. Ein weiteres Auto schoss plötzlich aus dem Schatten des Müllautos hervor, weitaus schneller als die hier erlaubten 30 km/h, und veranlasste Henriette, wie angewurzelt in der Mitte der Fahrbahn stehenzubleiben. Zu allem Überfluss deutete der Fahrer ihr auch noch mit hin und her wedelnder Hand vor seinem Gesicht, dass er sie für die Wahnsinnige in dieser Konstellation hielt.

Sie blickte dem Auto mit zusammengekniffenen Lippen hinterher. Audi, was sonst. *Großkotz.* Zumal diese Straße sicher nicht auf seiner üblichen Route lag. Hier fuhren normalerweise fast nur Anwohner. Aber der feine Pinkel hatte es wohl zu eilig für die drei Ampeln der Hauptstraße. Zum Glück gab es nicht allzu viele von denen. Sie guckte noch einmal folgsam nach links und rechts, bevor sie ihren Weg über die Straße fortsetzte.

Ein rosa Papier flatterte vor ihr im nachlassenden Fahrtwind. Sie beugte sich vornüber. Sah aus wie ein alter Führerschein. Vorsichtig hob sie ihn auf und betrachtete ihn genau. Vielleicht hatte einer der betagten Herrschaften ihn verloren. Aber das Gesicht, welches ihr vom Foto entgegenblickte, war keines der hiesigen Anwohner – und kam ihr doch so bekannt vor. Sie grübelte, bis es ihr einfiel – und eiskalt den Rücken herunterlief. Das war der Führerschein des toten Mannes aus ihrem Garten. Wie kam der hier auf die Straße? Sie blickte sich erneut um. Das Müllauto, so musste es gewesen sein. Der Mörder hatte den Führerschein entsorgen wollen, und er war beim Ausladen der Tonne auf den Boden gefallen. Und das zu schnelle Auto hatte ihn bis auf die Mitte der Fahrbahn geweht. Das hieß allerdings auch, mit unbestechlicher Logik, dass der Mörder hier wohnen musste.

Henriette schüttelte sich, als wäre eine Horde Wespen über sie hergefallen. Ein äußerst unangenehmer Gedanke. Der nächste war es nicht minder: sie stand mitten auf der Straße, sichtbar für alle, und schüttelte sich wie unter unsichtbaren Angreifern. Das fehlte noch, dass es Zeugen gab, die sie sich wie eine Wahnsinnige gebärden sahen – gerade jetzt, wo ihre Glaubwürdigkeit von so hoher Wichtigkeit war.

Eilig lief sie ins Haus zurück, den Führerschein fest zwischen Daumen und Zeigefinger geklemmt. In der Küche legte sie ihn vorsichtig auf dem Tisch ab und betrachtete ihn lange. Fingerabdrücke. Vielleicht waren da welche, außer ihren eigenen. Wie ein Profi hatte sie sich nicht benommen, aber wer konnte den ahnen, dass das rosa Papier so ein wichtiges Beweisstück war. Und sie hatte ihres Wissens nach auch nur die eine Ecke berührt. Nun, sie würde es gleich herausfinden.

»Mehl. Und einen feinen Pinsel.« Sie gab sich selber lautstark Anweisungen, um wieder etwas zur Ruhe zu kommen. Sie brauchte für die nun anstehende Aufgabe eine ruhige Hand.

Mehl war kein Problem, aber der feinste Pinsel, den sie finden konnte, war der, mit dem sie den Guss über dem Kuchen verteilte. Borstig wie ein Eber – und wahrscheinlich genauso ungeeignet für Feinarbeit. Jetzt wünschte sie sich zittrige Hände. Damit könnte sie sicherlich ohne Zuhilfenahme eines Pinsels das Mehl extra fein über dem Führerschein verteilen. »Ein Sieb, Trotteline.« Na also, ging doch.

Sie hielt den Atem an, das Sieb ruhig und verteilte ausreichend Mehl über dem rosa Papier. Dann begab sie sich auf Augenhöhe mit der Tischplatte und pustete. In der Ecke, an der sie den Schein angegriffen hatte, zeichneten sich Abdrücke ab – der Rest des Papiers blieb unbeeindruckt. Zur Sicherheit nahm sie einige Streifen Klebeband, und pauste ihren Abdruck sowie das bisher Unsichtbare ab. Doch es blieb dabei. »Keine Indizien.« Sie stemmte die Hände in die Hüften. So weit, so gut. Kein Hinweis auf den Täter, aber sehr wohl auf die Identität des Toten. Nur wie schob sie diesen Beweis nun der Polizei unter, ohne dass sie verdächtigt würde?

***

»Möchten Sie Ihren Kaffee schwarz, wie immer?«

»Nein, heute nehm' ich ihn in rosa mit grünen Sternchen bitte.« Anne schaffte ein Halblächeln, als die junge Dame sie etwas fassungslos ansah. »Natürlich wie immer, vielen Dank.«

Frustration war etwas, das Hauptkommissarin Anne Fellner nicht gut konnte. Und sie war gleich doppelt frustriert. Falltechnisch und sexuell. Auf der einen Seite kamen sie einfach nicht weiter, so sehr sie es auch wollten – und auf der anderen Seite musste sie all ihre Willenskraft aufbieten, um nicht weiterzukommen. Weiter zu *kommen*. Das war doch eine ausgemacht schlechte Konstellation.

»Ich hab' Ihnen einen bunt bestreuselten Cookie dazugelegt. Für etwas Farbe. Geht aufs Haus.« Und dann waren die Mitmenschen auch noch so extra nett, wenn sie es so überhaupt nicht fertigbrachte.

»Das ist sehr lieb von Ihnen, vielen Dank. Farbe kann ich heute wirklich gebrauchen.«

18

»Coffee to go?«

»Nein, to stolper und kipp on se shirt, pliez.« Das Augenzwinkern kostete etwas Mühe, ebenso, das Grinsen des Barista zu erwidern. »Sorry, falscher Fuß.«

»Sie scheinen es zumindest mit Humor zu nehmen.«

»Ja. Ganz miese Angewohnheit von mir.«

Und nicht nur das. Manche Dinge sollte man einfach nicht aussprechen, und sie so dem Schicksal – beziehungsweise „Carmen", die die Zügel in der Hand hielt – als Vorschlag unterbreiten. Der Galgenhumor dieser weiblichen Karmavertreterin war kaum zu überbieten. Tinas Hemd klebte als großer Kaffeefleck an ihrer Haut, als sie das Büro betrat.

»Kein guter Morgen?«

»Nüff.«

Hauptkommissarin Fellner runzelte ob dieser informellen

Antwort die Stirn – aber mehr wissend denn tadelnd. »Damit sind wir schon zu zweit.« Sie warf sich schnaubend im Stuhl zurück. »Dieser Fall macht mich wahnsinnig. Das kann doch nicht sein, dass es kein einziges Indiz gibt, das in eine Richtung deutet. Der frisch bezogene Chefstuhl wird grad ganz schön heiß unter meinem Hintern, sag ich dir.«

Heiß. Ein ziemliches Triggerwort. Bezogen auf die Hitze, die der Schwall Kaffee auf ihrer Brust ausgelöst hatte – und die Hitze, die diese Frau jedes Mal zwischen ihren Beinen auslöste, wenn Tina sie auch nur ansah. Auch jetzt war da ein leichtes Vibrieren in ihrem Unterleib, das … ihr Handy war. »Entschuldige bitte kurz.« Sie griff in die Hosentasche und zog es heraus. Ein Anruf von ihrer Großtante. »Darf ich?«

Anne nickte. »Sicher. Wir sind hier nicht beim Heer, Frau Brandt.« Das Zwinkern löste eine weitere Vibration aus – dieses Mal eindeutig körperlich.

»Tante Hen?«

»Tina? Ja, ich bin es. Äh … ich habe etwas gefunden. Und ich stehe schon vor dem Revier. Kannst du kurz rauskommen, oder soll ich rein, oder …«

Sie klang etwas aufgeregt. »Nein, warte, ich bin sofort bei dir.«

Tina gestikulierte Richtung Tür und hob fünf Finger ihrer Hand. Fünf Minuten. Anne gab ihr den Daumen hoch – und ein noch immer viel zu charmantes Lächeln. Frische Luft war jetzt so oder so eine gute Idee.

**

»Der Führerschein riecht nach Kuchen.« Tina runzelte die Stirn und blickte ihre Tante eindringlich an. Die zuckte mit den Schultern.

»Was weiß denn ich?«

»Und das weiße Zeug an meinen Händen?«

»Wie ich sagte, ich habe das Ding auf der Straße gefunden. Wo es vorher war, weiß ich nicht. Und ich bin auch nicht sicher, dass ich das so genau wissen will. Hilft es euch weiter oder nicht?«

Tina warf ihre Arme um ihre Großtante und schmatzte ihr einen fetten Kuss auf die faltige Wange. »Das, meine liebe Tante, ist genau das, was wir brauchen. Anne wird erleichtert sein.«

»Die Hauptkommissarin?«

»Ja. Sie war schon etwas verzweifelt, dass wir so gar keinen Anhaltspunkt haben.«

»Und du konntest sie nicht ausreichend davon ablenken?«

»Ich bin beruflich hier, Tante Hen. Da lasse ich meine Finger schön brav auf der Tastatur ... oder ähnlichem.«

»Und nach Feierabend?«

»Da bin ich noch immer Profi genug und schweife nur gedanklich ab. Und jetzt hör auf, so neugierig zu sein. Du bist ja schlimmer als eine Polizistin.«

»Ich lerne eben bei den Besten – und auch in meinem Alter nicht aus.«

***

»Das ist, was ich an meinem Beruf hasse.« Anne sah zwar nicht unzufrieden aus, aber hochgradig angespannt. Sie hatte vor Erleichterung fast einen Luftsprung gemacht, als Tina ihr den Führerschein des Opfers präsentierte, und sofort das Labor verständigt. Und die Recherche-Spezialisten. Und hatte selber eine geschlagene Stunde wie wild Informationen in den Computer getippt, nach allem suchend, was er zu einem „Horst Ferdinand Reiter" ausspucken würde. Immerhin gab es da einiges. Der Mann war wohl vor gut drei Jahrzehnten eine Berühmtheit gewesen. Sport, Olympia, Hürdenläufer. Aber nichts über sein Privatleben,

geschweige denn, was er hier gewollt hatte. Er wohnte laut den
Angaben in einem ganz anderen Teil des Landes.

Und dann, als getan war, was sie tun konnte, hatte Anne stumm
dagesessen und mit den Fingern ungeduldig auf die
Schreibtischplatte getrommelt. Sie hinausgeschickt und wieder
hereingerufen. Einmal hatte sie kurz ausgesehen, als würde sie Tina
am liebsten sofort hier im Büro flachlegen wollen. Dann wieder, als
wollte sie etwas finden, das sie ihr vorwerfen konnte. Und nun saß sie
da und schmollte fast. Niedrige Frustrationsschwelle – zumindest,
was die Geduld betraf.

»Was genau?«

»Wenn man weiß, dass das, was gerade gefunden wurde, einem
entscheidend weiterhilft – aber man auf die Ergebnisse warten muss.
Ich hasse warten.«

»Hm.«

»Ernsthaft. Hasse. Deine Partnerin ist nicht der geduldigste
Mensch. Wirklich nicht.«

Tina lachte leise in sich hinein. Hauptkommissarin Fellner
konnte eine Ruhe ausstrahlen, wie kaum eine andere Person. Nun zu
wissen, dass sie mit der Geduld auf Kriegsfuß stand, war hochgradig

erheiternd. »Weißt du was? Wir gehen jetzt eine Currywurst essen.«

»Currywurst?«

»Ja, hab' ich Riesenlust drauf. Und beim Kauen an der frischen Luft kommt man auf so manches.«

Anne Fellner hatte auf so manches eine Riesenlust, und das nicht erst seit eben. Kauen war nicht gerade das Wort, dass sie momentan am liebsten gehört hätte. Wenn es überhaupt ein Wort war – ein unartikuliertes Stöhnen täte es mindestens genauso. »Currywurst also.« Sie zuckte mit den Achseln. »Nun, warum nicht. Hier am Schreibtisch drehen meine Gedanken sowieso nur Kreise.« Und durch, sobald du zur Tür hereinkommst. *Kommen. Mehrfach und gewaltig. Und unter meinen Händen.* Sie schluckte. »Gibt's da auch ein Bier? Ich könnte eins gebrauchen.«

»Sicher. Und Currywurst passt ziemlich perfekt zu Bier. Also dann, Chefin, Abflug.«

Ich flieg dich auch gleich, wenn du so weitermachst. Anne ballte ihre Hände unter dem Tisch kurz zu Fäusten. Heute war Kontrolle wirklich eine fremde Sprache. »Ja, starten wir. Ich brauch was zwischen die Zähne.« *Und wenn du es nicht sein darfst, dann muss es ein heißes Würstchen tun – verdammt noch mal. Eigentlich die komplett falsche Anatomie.*

19

»Wir haben etwas zu feiern.« Hauptkommissarin Anne Fellner sah höchst zufrieden aus, wie sie da grinsend hinter ihrem Schreibtisch hockte. Tina hätte sie sofort fressen und flachlegen mögen. Aber sie hielt sich im Zaum.

»Haben wir?«

»Ja – zumindest bin ich der Meinung, dass wir feiern sollten, auch wenn es nur der Anfang ist. Aber ich finde, beim ersten Fall im neuen Revier – und als neues Team – sollte man die Gelegenheit nutzen. Was meinst du?«

»Feiern geht gut. Team und Revier und so, klar, warum nicht.« Tina zuckte grinsend die Schultern. »Feste feiern, wie sie fallen. Geht auch gut und gerne grundlos. Aber was für einen Grund haben wir denn, von wegen offiziell und so weiter?«

»Dank des Führerscheins konnten wir endlich weitere Informationen zu dem Opfer einholen – außer den bereits bekannten Fakten: ehemaliger Leistungssportler, Hürdenläufer, Olympionike sogar, also kein unbekanntes Gesicht, sofern man Interesse an diesem Bereich des Sports hat. Wir wissen nun auch, dass er verheiratet war, seine Frau ist allerdings vor einigen Jahren verstorben. Die Tochter arbeitet in der Hauptstadt und wird morgen hier erwartet, zur finalen Identifizierung. Sie war auch sofort bereit, sich dann einigen Fragen von unserer Seite zu stellen. Horst Ferdinand Reiter, unser Opfer, war wohl auf Urlaub hier, sprach an der Rezeption des Hotels von einer Einladung zu einem Treffen ehemaliger Kollegen.«

»Hm. Und dieses Treffen gibt es tatsächlich?«

»Genau das werden wir jetzt herausfinden. Es wurde für heute Abend der gesamte Golfclub gebucht. Die Party dort sollte seit gut einer Stunde im Gange sein. Schnapp dir deine Jacke, wir fahren sogleich dahin.«

»Und feiern mit den Alumni-Sportlern im Golfclub?«

»Was? Ach so, nein, gefeiert wird später – hoffentlich.« Die Hauptkommissarin zwinkerte ihr zu. »Mit Alkohol.«

»Oho. Verwegen, Frau Hauptkommissarin.«

»Natürlich. Keine halben Sachen. Aber jetzt raus hier, wir haben vorher noch bisschen was zu erledigen.«

***

Als sie das Gebäude des Golfressorts betraten, fanden sie ein reichlich gedecktes Buffet vor – und gähnende Leere. Und puterroten Zorn im Gesicht des Managers, als er um die Ecke kam und ihnen fast in die Arme lief. »Sind Sie geladene Gäste? Tja, dann muss ich Ihnen leider mitteilen, dass die Party ins Wasser fällt.«

»Auch wenn mir das für Sie leidtut, Ihr Tonfall ist absolut unpassend.« Anne zog mit einer schnellen Handbewegung ihren Dienstausweis aus der Brusttasche und hielt ihn dem Mann vor die Nase. »Jetzt atmen wir mal durch, und dann fangen wir nochmal von vorne an, gut?«

»Na toll, jetzt auch noch die Polizei …« Der Mann fuhr sich mit der Hand über die schweißnasse Stirn. »Gut, gut. Bitte, setzen Sie sich doch. Etwas zu trinken vielleicht? Oder eine Kleinigkeit vom Buffet?« Er klang noch immer leicht sarkastisch, und Hauptkommissarin Fellner runzelte die Stirn. Tina strich ihr kurz mit den Fingern über den Arm.

»Danke, nichts weiter für uns als einen Moment Ihrer Zeit. Die sollten Sie ja nun haben, wo die Party gelaufen scheint.« Sie versuchte, nicht ganz so unwirsch zu klingen wie Anne, aber nicht weniger bestimmt.

»Ja, sicher. Bitte, da drüben. Setzen Sie sich doch.« Er atmete einmal tief durch, als er gegenüber von Ihnen Platz nahm. »Entschuldigen Sie, aber so etwas ist mir einfach noch nicht passiert. Wie kann ich Ihnen helfen?«

»Genau damit. Es gab also eine Reservierung für diese Räumlichkeiten heute Abend? Wer hat sie getätigt?«

»Ein Mann rief vor einigen Tagen hier an. Relativ kurzfristig. Er versprach eine Zahlung der doppelten Miete, wenn ich ihm diesen Abend freischaffe – ich hatte eine anderweitige Reservierung. Ebenfalls bat er mich, ein großes Catering zu organisieren.«

»Ein Mann? Nannte er seinen Namen? Oder den seiner Firma? Und was sollte der Anlass der Feier sein?« Anne lehnte sich etwas vor, die Augen fest auf den Mann gerichtet.

»Den Namen habe ich nicht wirklich verstanden. Irgendetwas mit „Otter" oder so. Aber er sagte, er sei vom Alumni-Board der Olympioniken und wollte ein „Gathering" abhalten. Aber ich habe soeben von meiner Bank den Bescheid bekommen, dass der Bankaccount, den er angegeben hatte, nicht existiert.«

»Wahrscheinlich gibt es auch kein derartiges Alumni-Board.«

Hauptkommissarin Fellner runzelte die Stirn. »Ein Mann also?«

»Ja, eindeutig. Obwohl er eine recht hohe Stimme hatte. Klang etwas merkwürdig.«

»Hm. Zwischengeschalteter Stimmverzerrer?« Tina blickte Anne an.

»Möglich. Haben Sie zufällig die Nummer, von der aus er angerufen hat?«

»Moment.« Der Manager zog sein Handy aus der Jacketttasche und scrollte durch die Liste. »Hier ist sie. Französische Vorwahl, meine ich.«

»Französisch? Hatte er einen Akzent?«

»Nicht auffällig, so dass ich mich erinnern könnte, nein.«

»Gut. Haben Sie die Nummer notiert, Inspektorin Brandt?«

»Selbstverständlich.« Tina hob ihrerseits das Handy. »Gespeichert, und sicherheitshalber auch auf Papier gebannt.«

»Das war's dann. Vielen Dank.« Anne stand auf und wandte sich zum Gehen.

»Äh …« Der Manager sah sie leicht verzweifelt an. »Der Chef des Catering-Unternehmens ist gepisst deluxe – verzeihen sie die Wortwahl. Wenn das hier eine Straftat ist, dann kann ich das meiner Versicherung melden, oder?«

»Ja, das können Sie.«

Als sie den Club verließen, schnaubte Anne unwillig. »Als ob ein Golfclub nicht genug Geld hätte, um einen solchen Ausfall selber zu kompensieren. Natürlich betrachtet er das wirtschaftlich ganz richtig, aber trotzdem machen mich diese reichen Säcke immer etwas aggressiv. Nie den Hals vollkriegen.«

»Französisch.« Tina blickte Anne von der Seite an und grinste. Die Falten auf der Stirn der Hauptkommissarin vertieften sich kurz, bevor ihr Gesicht sich lachend entspannte.

»Ich habe bei meinem Einsatz letztes Jahr in Österreich ein schönes Wort gelernt. Und das verwende ich jetzt gerade sehr gerne: Gusch, Tina Brandt. Zumindest solange, bis wir uns in privaten Gefilden bewegen.«

»Dann darf ich Anzüglichkeiten von mir geben?«

»Wie ich sagte: wir haben etwas zu feiern. Und da gehört etwas Verwegenheit durchaus dazu.«

20

»Naja, nach dem ausladenden Buffet im Golfclub hatte ich mir schon etwas mehr vorgestellt. Handgerolltes Sushi von deinem nackten Körper oder so. Ich meine, nobel geht die Welt zugrunde, oder? Hat dich die Noblesse oblige des Geldadels nicht inspiriert, Frau Hauptkommissarin?« Tina genoss das Stirnrunzeln, das sie mit ihren Worten auslöste. Es ging doch nichts über ein bisschen Triezerei.

»Ich hätte nicht gedacht, dass dich diese Art äußerlicher Angeberei so beeindruckt. Oder sogar anmacht.«

»Keine Sorge, ich stehe eher auf die einfachen Dinge. Obwohl ich Sushi mag. Aber nichts gegen Pizza oder gebratenen Reis. Bier statt Schampus. Allerdings bevorzuge ich Austern statt Currywurst, was die Lust angeht.« Sie konnte nicht anders, als zweideutig zu sein. Es machte zu viel Spaß, zuzusehen, wie Annes Mundwinkel zuckten, obwohl sie versuchte, ihre Fassung zu bewahren. Außerdem hatte ihre zunehmende Frustration der letzten Tage Tina etwas auf eine Hab-Acht-Position verbannt, und es war herrlich, nun wieder frei durchzuatmen. Sauerstoff und Sonne machten albern. Und verwegen. Und – eben in ihrem Fall – zweideutig.

»Unsäglich.« Anne schüttelte den Kopf. »Und ich dachte, mit deinem Vorschlag einer Currywurst neulich hättest du mir deutlich machen wollen, dass du doch eher dem anderen Geschlecht zugeneigt bist, und ich als einmalige Erfahrung verbucht werde.« Ihr Grinsen wuchs beträchtlich, als Tina vor unterdrücktem Lachen schnaubte wie ein Pferd.

»Also, Pizza aus dem Karton? Eine Flasche Prosecco hab ich noch im Kühlschrank. Oder lieber eine Tour durch die abendliche Barlandschaft? Ich sag es nur dazu: erstere Version ist bequemer, wenn's ans Dessert geht. In der Stadt bliebe nur eine Toilette oder ein Busch im Park – und die Gefahr der Erregung öffentlichen Ärgernisses.«

»Oho.« Tina war für einen Moment sprachlos ob der Aussichten. »Aber ich dachte, wir hätten das ad acta gelegt. Wegen müssen.«

Anne nickte, seufzte und blickte sie dann an. »Ich weiß. Aber ich will dich schon so verdammt lange, Tina. Seitdem ich dich das erste Mal hatte, kann ich nicht aufhören, dich zu wollen. Und jetzt gerade bin ich herrlich berauscht vom ersten Erfolg – und unglaublich leichtsinnig. Wenn du also mit deiner Chefin vögeln magst, dann ist heute Abend eine hervorragende Gelegenheit.«

»Vögeln. Und dann wieder zu den Akten? Anne, ich weiß nicht, ob es das ist, was ich will. Ich will mit dir vögeln, ja, unbedingt. Aber ich will nicht danach jedes Mal wieder wissen, dass es das letzte Mal war. Zumindest sein müsste. Und dann aber vielleicht doch nicht ist. Verstehst du?«

»Natürlich.« Anne griff nach ihrer Tasche. »Magst du trotzdem Pizza essen mit mir?«

»Ja. Und auch bei dir. Und auch aus dem Karton. Und auch mit dem Prosecco, der hoffentlich zumindest einem etwas gehobeneren Standard entspricht. Aber über den Nachtisch und zukünftige Süßigkeiten sollten wir dann reden. Oder?«

»Ja. Aber bitte, wenn der erste Hunger gestillt ist. Ich kann nicht auf beiden Ebenen vor Verlangen durchdrehen.«

***

»Auf was stoßen wir an?« Tina hob das Glas und blickte fragend zu Anne.

»Auf uns. Und auf deinen ersten Schritt in der Kripo-Laufbahn. Und auf mich. Ich habe heute Geburtstag.«

»Ernsthaft?«

»Ja. Normalerweise mache ich keine große Sache daraus, aber mit nem Glas Sekt in der Hand ist's schwierig, es nicht zu erwähnen.« Anne grinste schief.

»Dann nur auf dich fürs Erste, Hauptkommissarin Anne Fellner.« Tina hob ihr Glas, dann senkte sie es wieder und breitete ihre Arme aus. »Darf ich das Geburtstagskind drücken? Mehr Geschenke hab' ich nämlich nicht dabei.« Anne nickte, rutschte näher und erwiderte die Umarmung. Sie roch nach Parfum und fühlte sich gut an. Und die Umarmung endete in einem langen Kuss, der sie beide atemlos machte. Annes Körper schmiegte sich an ihren, und sie spürte die Bodendielen in ihrem Rücken, als sie dem Gewicht nachgab. Und den Händen, die unter ihr Hemd glitten. Warm, gierig … als ihr ein Seufzer der Lust entwischte, richtete sich Anne unvermittelt auf.

»Entschuldige.«

»Wofür?«

»Wir haben noch nicht darüber gesprochen. Über uns, und nun liegen wir schon aufeinander. Beziehungsweise ich auf dir.«

»Du bist das Geburtstagskind.« Tina stütze sich auf dem Unterarm ab. »Hast dir eben das Geschenk genommen, das du wolltest.«

»Ja. Aber drüber reden sollten wir trotzdem.«

»Okay. Ich habe allerdings nur eine Frage: willst du, dass wir das hier weiterführen? Also, so richtig, mit Dates und Übernachtungen und Kennenlernen und Sex?«

Anne nickte, bevor sie zögerte. »Ja und nein. Ich will dich – aber ich will dich so sehr, dass ich nicht will, dass du deine Karriere für mich aufs Spiel setzt.«

»Pass mal auf. Ich habe gehört, dass sie im Nordrevier einstellen. Wenn meine Chefin mir ein gutes Empfehlungsschreiben mitgibt … dann heuere ich dort an. Bei der Kripo. Und wir beide lassen etwas Zeit ins Land gehen … mit viel Sex und Dates … aber verzögern die offizielle Enthüllung etwas. Und dann … läuft der Hase.«

»Macht es dir nichts aus, dein jetziges Revier zu verlassen?«

»Ich bin dort noch nicht so sehr angekommen, dass ich meine Kollegen allzu sehr vermissen würde. Ich kann noch gut neu anfangen. Meine Chefin würde mir allerdings abgehen. Aber sofern sie mir öfter mal ihren Feierabend opfert, denke ich, dass ich keinerlei Probleme mit dem Arrangement haben werde.«

Anne blickte sie eine Weile schweigend an, dann lächelte sie.

»Gut.«

»Ja?«

»Ja.«

»Also Empfehlungsschreiben?«

»Sobald der Fall abgeschlossen ist.«

»Und bis dahin?«

»Heimliche Dates mit größter Regelmäßigkeit. Und viel Sex.«

»Klingt akzeptabel.«

»Prima.« Anne schob die Kartons mit den Pizzaresten zur Seite.
»Was hältst du davon, wenn du dich ein bisschen entkleidest?«

»Soll ich vorher noch aus der Torte hüpfen?«

»Das machen wir dann, wenn wir eine Torte haben. Und danke
für das Angebot, ich habe ein sehr gutes Langzeitgedächtnis. Ich
werde beizeiten mit Vergnügen darauf zurückkommen.«

»Mist.«

»Keine Sorge, Inspektorin Brandt. Ich werde dafür sorgen, dass
es auch dir Vergnügen bereiten wird.« Annes Blick wurde dunkel,
während sie ihre Bluse aufzuknöpfen begann. »Zieh dich aus.«

»Befehlston?«

»Wie ich schon einmal sagte: ich bin nicht umsonst

Hauptkommissarin. Denn ich mag es, wenn ich die Hosen anhabe. Wobei ich heute nichts dagegen habe, wenn du sie mir ausziehst – nur Tempo und Art und Weise bestimme ich doch ganz gerne selber. Und als Geburtstagskind habe ich sicher noch einen Wunsch frei, oder? Also, nach dir.«

21

Sie hörte ein leises Schluchzen von der anderen Seite der Thujen. Vorsichtig spähte sie hinüber. Felix saß mitten auf dem Rasen, sein Gesicht tränennass.

»Hey.«

Er blickte auf, und wischte sich mit dem Ärmel über die Augen. »Hallo.« Seine Stimme klang kleiner, als er war.

»Was ist denn passiert?«

»Oma ist tot.«

»Was?«

»Die ist heute Nacht die Treppe runtergefallen. Und war heute morgen tot.«

Soviel dazu, dass er weitaus zu jung war, um tote Menschen sehen zu müssen. »Krabble mal rüber. Ich hole schnell was.«

»Okay.«

Henriette eilte, so schnell sie ihre krummen Beine tragen

konnten, in die Küche. Limonade half immer. Oder Eis? »Beides«, antwortete sie sich selber entschlossen. Bewaffnet mit einem Glas in jeder Hand, die Eispackung unter den Ellbogen geklemmt und die Löffel am Stiel im Mund steckend, lief sie wieder hinaus. Felix saß nun in genau der gleichen Haltung auf ihrem Rasen, und blickte sie aus großen, rotgeweinten Kinderaugen an.

»Magst du Schokolade?«

»Am Liebsten.«

Sie drückte ihm die ganze Packung samt Löffeln in die Hand.

»Dann iss mal.«

Er wischte sich die Nase am Stoff seines Shirts ab und begann dankbar, das Eis zu löffeln. Und Henriette fühlte sich wie in der Rue de la Kacke. Wie sprach man mit einem Kind über den Tod? Sollte sie es überhaupt tun? Ihre Aufgabe war es schließlich nicht. Aber so tun, als wäre alles in Ordnung?

»Du hast sie liebgehabt, oder?«

»Mhm. Sie war ein bisschen verrückt, glaube ich. Aber sie war meine Oma.«

»Ich glaube, ein bisschen verrückt sein gehört dazu.«

»Wozu?«

»Zum Leben. Die ganze Welt ist ja etwas verrückt, wenn man

sich umguckt. Und manchmal ist man nicht verrückt, sondern nur besonders. Die anderen verstehen das aber nicht, weil sie … naja, eben anders sind. Weißt du?«

»Ja. Meine Oma war ganz bestimmt besonders.«

»Ganz bestimmt. Und du bist auch besonders. Und die Besonderen sind die wahren Superhelden. Und die vergisst man nicht.«

»Nein.« Felix blickte auf. Sein ganzer Mund war verschmiert mit Schokoladeneis. »Sie war ganz blass im Gesicht. Wie angemalt. Nur die Haare waren rot, alles andere war weiß.«

»Du hast sie zuerst gesehen?«

»Ja, ich musste Pipi …«

»Und dann hast du deinen Opa geholt?«

»Mhm.«

Na sauber. Der Junge musste auch noch derjenige sein, der seine tote Oma zuerst sah. Soviel dazu, dass sie vorgehabt hatte, Felix tote Menschen und all so was zu ersparen. Wieder etwas, das man nicht beeinflussen konnte. Man konnte niemandem seine Verluste nehmen. Sie trafen ein, so sicher wie das Amen in der Kirche – und sie nahmen keine Rücksicht auf Alter oder die Tatsache, dass man diese Person noch brauchte. Henriette fuhr sich mit der Hand über die

Augen, um sich zu vergewissern, dass keine der Tränen heraus rollte, die sie in sich spürte.

»Und jetzt sage ich dir noch etwas. Wenn man schläft, dann sieht man auch aus wie gemalt. Eigentlich nämlich ist der Tod wie schlafen. Aber man wacht nicht mehr auf, sondern träumt für immer. Nur die schönen Träume. Das musst du wissen. Deiner Oma geht es ganz fabelhaft.«

»Glaubst du?«

»Das weiß ich.«

Der Junge schwieg einen Moment und nahm einen großen Schluck Limonade. »Übermorgen werde ich nach Hause gebracht. Opa fährt mich hin. Mama muss morgen noch arbeiten, aber dann hat sie frei und hat gesagt, dass wir was Schönes machen.«

»Das klingt doch gut. Und was ist mit deinem Vater?«

»Der hat mich angerufen, heute nach dem Mittagessen. Das macht er fast nie.«

»War deine Oma seine Mama?«

»Ja. Aber die hat er auch fast nie angerufen.«

»Dann ist er wohl von der Sorte Fast-nie-Anrufer. Die gibt's auch, und das hat nichts damit zu tun, dass er dich nicht liebhat. Das weißt du, oder?«

»Ja, das weiß ich.«

Plötzlich hatte Henriette eine Idee. Ja, das wäre perfekt. »Felix, wenn du jetzt wieder rüberkrabbelst, sag deinem Opa, dass du morgen Nachmittag eine Verabredung hast – zu der er auch eingeladen ist. Kommt einfach gegen drei Uhr auf die Straße, dann werdet ihr schon sehen.«

»Eine Überraschung?«

»Ganz genau. Ich hoffe, du magst Überraschungen genauso so gern wie ich?«

»Nein. Gerner.«

»Dann kann ich ja fast nichts falsch machen.«

22

Ungewöhnliche Situationen erforderten ungewöhnliche Methoden. In diesem Fall hieß das, die gesamte Nachbarschaft zu mobilisieren. Keine leichte Aufgabe, bei all den Gehhilfen, Sozialphobien und anderen Merkwürdigkeiten, die diese Straße gehäuft bewohnten. Aber sobald Henriette die gar tragische Geschichte des kleinen Felix erzählt hatte, war doch der Großteil bereit, sich am morgigen Tag auf die Straße zu wagen. Manche brachen sogar in regelrechte Euphorie an Hilfeleistungen aus.

»Ich back einen Kuchen.«

»Kartoffelsalat okay?«

»Ich polier die alten Thermoskannen auf, dann gibt's Kaffee für alle.«

»Endlich kann ich mal wieder meine Fußballschuhe anziehen. Ist sicher dreißig Jahre her.«

»Meinen alten Knochen schadet etwas Bewegung gar nicht.«

»Eine tolle Idee. Das arme Kind.«

Außerdem bot diese Aktion eine hervorragende Gelegenheit, nach verdächtigem Verhalten zu suchen. Wenn sich jemand verriet, dann doch am ehesten unabsichtlich in entspannter Umgebung.

Und so fanden sich Albert und Henriette am nächsten Morgen bewaffnet mit Wäscheleinen ein, um die Straße abzusperren. Während Frau Keller, die ehemalige Malerin, konzentriert das Spielfeld auf den Teer malte. Sie hatte auch die Absperrschilder gezeichnet. „Gesperrt wegen Psychohygiene". Das klang etwas kryptisch, und somit höchst professionell.

Nach und nach trudelten sie alle ein. Der fade Otto und der alte Franz hatten fleckige Retro-Fußballschuhe an, und sich Stutzen aus Pappe gebastelt. Henriette gab ihnen innerlich fette Pluspunkte, als sie sich sogleich um Felix scharrten, und wild gestikulierend auf die Kreidemarkierungen deuteten. Wie echte Fußballprofis.

Das siebzigjährige Zwillingspaar Maria und Margot sammelten alles, was an Verköstigungen gebracht wurde, und drapierten es zu einer Buffet-Tafel auf zwei Bierzelttischen, die ihre Männer, beide auf den Namen Klaus hörend – die einzige Gemeinsamkeit, die sie teilten – herangeschleppt hatten.

Henriette nannte den Mann von Maria gedanklich nur „Klapper-Klaus", weil er spindeldürr war und einen leichten Tremor hatte. Margots Mann war der „Eso-Klaus", der niemals den siebziger Jahren entwachsen war und merkwürdige Dienste im Hinterzimmer des Hauses anbot. Er verteilte regelmäßig Flugblätter in der Nachbarschaft. „Channel dein Geisttier", oder „Chakrenöffnung zum wahren Bewusstsein". „Zum Kaffee mit den Verstorbenen" – halt, das war es doch, was sie brauchte. Sie machte sich eine mentale Notiz, da sie keinen Block zur Hand hatte. Und auch keinen Kugelschreiber, mit dem sie es sich auf den Arm hätte schreiben können. Würde vielleicht auch nur Fragen nach sich ziehen. Und wenn wer Fragen stellte, dann war sie das. Unauffällig, versteht sich.

Sogar die alte Graus war erschienen. Sie zwinkerte Henriette fast verschwörerisch, aber definitiv triumphierend zu, als sie an ihr vorbeiging. Der Kuchen, den sie gebacken hatte, roch zwar, als hätte sie Asche statt Mehl verwendet, aber Henriette sah zum ersten Mal in ihrem Gesicht etwas, das einem Lächeln ähnelte, als sie Herrn Wagner kondolierte. Überhaupt schienen sich alle ganz fabelhaft zu amüsieren, trotz des kürzlichen Todesfalles. Merkwürdig, aber gleichzeitig normal, wenn sie an die Hochstimmung auf manchen Beerdigungen dachte. Vielleicht war es eine gute Idee, einmal im Jahr so ein Straßenfest zu veranstalten – aus weniger tragischen Gründen. Und ohne den Täter in ihrer Mitte, den – oder die – sie noch immer zu identifizieren hatte. Aber wenn alle mit so fröhlichen, unbeschwerten Mienen herumliefen, war das mehr als knifflig. Im Fernsehen machte sich der Mörder zumindest immer mit einem fiesen Gesichtsausdruck oder einer unbedachten Äußerung verdächtig, so dass man ihn nur noch aufs Revier schleifen und befragen musste, damit seine Aussage auf Tonband war. Obwohl: es war schon verdächtig, dass die Graus lächelte, als sie mit dem Mann sprach, der gerade erst seine Frau verloren hatte. Und sie bewegte sich erstaunlich kraftvoll, dafür, dass sie nur am Fenster saß und vor sich hin rauchte. Henriette war sich immer sicherer, dass diese Frau irgendetwas mit dem Mord zu tun hatte. Oder zumindest etwas gesehen hatte, und nun den Mörder deckte. Und sie angelogen hatte. Na ja, gelogen … sie hatte sie einfach vorgeführt. Was sich noch etwas unangenehmer anfühlte. Aber sie würde ihr noch einmal auf den Zahn fühlen müssen, gleich morgen. Schluss mit lustig hier. Was beinhaltete, dass sie wohl wieder eine dieser gruseligen Zigaretten rauchen musste. Aber Opfer mussten gebracht werden, im Dienste der Ermittlungen.

Und dann vergaß Henriette ihren Arbeitsauftrag, weil die Sonne
ihr ins Gesicht blinzelte, weil Albert mit Felix um die Wette strahlte.
Weil der Kuchen schmeckte, der Fußball flog und Klapper-Klaus
seine Gitarre rausholte. Sie klang in seinen Händen eher wie eine
Zither, wie Margot lachend bemerkte – aber er hatte eine
wohlklingende Altherrenstimme. Und beherrschte ein paar der
Klassiker, so dass alle, die nicht dem Ball hinterherliefen, schon bald
ins Singen oder zumindest Mitsummen vertieft waren.

»Heißahossa, nach Canossa, und dann weiter bis ans Meer.
Bricht der Wagen, musst mich tragen, bin ich auch noch so schwer.«

»Was ist denn hier los?« Eine Stimme wie ein Peitschenknall
mitten in ihre fröhliche Ausgelassenheit. Stirnrunzelnd näherte sich
Hauptkommissarin Fellner der heiteren Runde. Henriette sah, dass
sie Tina im Schlepptau hatte und grinste wissend. Aber als ihr Blick
auf die weit hochgezogenen Augenbrauen der Kommissarin fiel,
versuchte sie schnell, ihr Gesicht neutral zu halten.

»Sie könnten doch nicht einfach die Straße sperren.« Mit ihrer
stattlichen Größe sah Kommissarin Fellner zwar auf Henriette herab,

aber die hatte heute gefühlt ein ganzes Heer der Gerechten hinter sich stehend, und wuchs innerlich auf das Doppelte.

»Wie Sie sehen, kann ich das sehr wohl. Und mit gutem Grund. Der kleine Mann dort«, sie deutete Richtung Fußballfeld, »hat gestern seine Großmutter tot aufgefunden. Und da wollte ich ihm ein unvergessliches Abschiedsgeschenk machen. Und ihn ablenken.«

Die gerunzelte Stirn der Kommissarin glättete sich, als ihr Blick auf Felix fiel, der Otto und Franz gerade seinen neusten Balltrick vorführte. Albert hingegen war auf seinem Schiedsrichterstuhl eingedöst, die Kappe über den Augen. Henriette lächelte, als sie ihn so sah.

»Ich habe davon gehört, ein tragischer Unfall. Da haben Sie ja eine gute Tat vollbracht – wenn auch eine gute Straftat. Ich drücke beide Augen zu, aber das nächste Mal rufen sie ihre Nichte an, oder im Revier. Wenn, dann sperren wir eine Straße, alles klar?«

»Verstanden.« Henriette machte ihr ernstestes Gesicht.

»Und jetzt müssen wir den Spaß hier beenden, so leid es mir tut.« Die Hauptkommissarin zuckte entschuldigend mit den Achseln. »Feierabendverkehr.«

»Nun nehmen Sie doch wenigstens noch ein Stück Kuchen, während wir zusammenpacken.« Henriette zwinkerte ihrer Nichte zu, die bei dem Wort Kuchen bereits große Augen bekommen hatte. »Aber auf keinen Fall von dem, der diesen entzückenden Grauton hat. Nur eine freundliche Warnung.«

Anne Fellner blickte auf ihre Uhr. »Nun gut, fünfzehn Minuten. Aber nicht eine Sekunde länger. Gibt es noch einen Kaffee?«

»Aber selbstverständlich. Die beiden Damen dort kredenzen ihn mit einer Eleganz, die einem Kaffeehaus zu Ehren gereichen würde.« Mit einem Kopfnicken deutete Henriette auf Maria und Margot, die neben ihren beiden Männern hinter dem Biertisch Spalier standen – aufrecht wie Zinnsoldaten mit ihrem Respekt vor der örtlichen Polizei. Sie schmunzelte. »Zweimal Kaffee und Kuchen für unsere uniformierten Freunde hier.« Und schon begann eifriges Ameisenwuseln. »Ich glaube, Sie werden sogar am Platz bedient.« Eso-Klaus war nämlich schon dabei, zwei Stühle anzutragen.

Tina wandte sich an die Hauptkommissarin. »Fünfzehn Minuten außer Dienst, oder?«

Das Lächeln auf den Lippen der Frau, dessen Zeuge Henriette wurde, war weicher, als es sein sollte. Und befriedigte sie sehr.

»Tante Hen, wie heißt der junge Mann?«

»Felix.«

»Prima. Dann will ich doch mal meinen Teil der Ablenkung tun.« Tina zog ihre Uniformjacke aus und ging aufs Kreidespielfeld hinüber, um sich neben dem Jungen hinzuknien.

»Sie war Kreisligameisterin, müssen Sie wissen.« Ungefragt hatte Henriette auf dem nun freien Stuhl neben der Kommissarin Platz genommen. Aber den Blick der Frau musste sie nicht extra auf Tina lenken – er verharrte bereits wie angeklebt auf ihrem … nun ja, eh schon wissen.

»War sie das?«

»Ja. Mehrfach.«

»So, so.«

Kaffee und Kuchen wurden geliefert, und Henriette bediente sich schamlos an Tinas Portion, während sie ihr und Felix beim Bolzen zusah. Bis ein Blick auf die Uhr seitens der Kommissarin die Idylle zerstörte.

»Abpfiff.«

Tina blickte breit grinsend auf und Anne an. »Jawohl, Chefin.« Sie keuchte etwas, als sie herantrat. »Tante Hen, der Rest des Kuchens gehört aber mir.«

»Nimm dir ein ganzes Stück vom Buffet, Tina. Und: danke.« Henriettes Blick schloss beim letzten Wort auch die Kommissarin mit ein, die mit einem Halblächeln antwortete.

»Ausnahmsweise. Und sehr gerne.« Ihr Tonfall war weitaus offizieller, als sie sich mit erhobener Stimme an alle Versammelten wandte. »So, liebe Mitbürger und -Innen, diese illegale Veranstaltung ist hiermit beendet. Bitte packen Sie schnellstmöglich alles zusammen, wir werden in wenigen Minuten die Straße wieder für den üblichen Verkehr öffnen. Ihnen allen noch einen schönen Abend.«

Henriette wartete, bis die beiden Uniformierten von dannen schritten, bevor sie zu dem Schiedsrichter hinüberging und ihm sanft die Hand auf seinen Arm legte. »Komm, alter Herr, genug geruht. Es ist Zeit zum Lager abbrechen. Kriegst noch nen Schlummertrunk bei mir, wenn du magst.«

23

Am nächsten Morgen klingelte es an der Tür. Draußen stand Felix, mit seinem Großvater hinter ihm. Der Junge wirkte noch mehr wie ein Zwerg vor der massigen Silhouette von Herrn Wagner.

»Ich wollte Tschüss sagen – und danke. Das war echt mega gestern.«

»Wirst du heute also abgeholt?« Henriette blickte auf den Jungen hinunter.

»Ja. Aber ich komme bestimmt mal wieder. Und dann klingle ich, gut?«

»Das ist sehr gut.« Sie blickte auf und Herrn Wagner an. »Ich bin noch gar nicht dazu gekommen, Ihnen mein Beileid auszusprechen.«

»Danke. Aber vor allem für das, was Sie für den Jungen getan haben.« Er sah müde aus, abgespannt, etwas nervös. Henriettes detektivische Instinkte sprangen an, aber sie verwies sie gedanklich in ihre Schranken. Der Mann hatte gerade erst seine Frau verloren, da konnte man kaum erwarten, dass er irgendwie normal wirkte. Oder?

»Wenn Sie Hilfe brauchen, melden Sie sich.«

»Danke.«

Henriette ließ sich ächzend in die Hocke nieder, damit sie auf Felix' Augenhöhe war. »Wenn du Lust auf Eis mit Erdbeeren hast, kommst du vorbei, gut? Und pass gut auf dich auf, junger Mann. Ein echter Sportler ist ein Krieger und gibt niemals auf. Verstanden?«

»Hab' ich. Bis bald.«

***

Am Nachmittag zog der Himmel zu, und es sah verdammt nach Gewitter aus, als Henriette sich auf den Weg zum Haus des Eso-Klauses machte. Sie hatte ihn gestern doch noch abgefangen, und er hatte ihr begeistert gleich einen Termin für den heutigen Nachmittag gegeben. Zu begeistert, um seinen Worten noch Glauben zu schenken. »Ich bin ja immer seehehr ausgebucht, aber für die Nachbarschaft, Frau Steiner, mache ich doch glatt ein Stündchen frei.«

Er öffnete ihr, kaum dass sie den Finger vom Klingelknopf

genommen hatte. »Na, dann mal hereinspaziert. Gerade durch und dann links. Mögen Sie Tee? Einer von den tibetanischen Berghängen, der trägt die würzige Leichtigkeit des Landes, das werden Sie spüren, schon nach dem ersten Schluck.« Er bugsierte sie mit seinem Redeschwall durch den Gang und in seinen „Schrein“, wie er den Raum getauft hatte. Für jene, die es sich nicht merken konnten, stand es noch einmal riesig groß an der schlichten Holztür – berankt von irgendwelchen fremden Gewächsen in Filzstift.

»So, machen Sie es sich mal bequem, da auf den Kissen, hier ist der Tee und ich leg mal etwas Entspannendes auf, bevor wir anfangen.«

Der Tee schmeckte wie Kuhpisse auf Gras, ähnlich dem Tabak, den die alte Graus rauchte – und das „Entspannende“ war ein grässlich schief singender Mönchs-Chor. Henriette zuckte es in den Füßen, diesen Raum schnell wieder zu verlassen. *Opfer bringen, im Dienste der Ermittlungen.* Da Eso-Klaus gerade begonnen hatte, von Mantren zu sprechen, sagte sie es innerlich mehrfach vor sich hin.

»Und, welches gefällt Ihnen am besten? Welches fühlt sich gut an, tief in Ihrer Seele?« Er strahlte sie erwartungsvoll an.

»Äh … das mit Ohhmmm fand ich ganz gut …«

»Prima. Das ist eines der Mächtigsten. Gut, dann sollten Sie bis zu Ihrem nächsten Besuch regelmäßig damit arbeiten, ja?«

Henriette wusste zwar nichts von einem nächsten Mal, aber sie nickte eifrig.

»Was kann ich denn noch für Sie tun?«

»Ihr Flyer, da steht etwas von in Verbindung treten mit den Toten. Und das würde ich mir gerne mal anschauen.«

»Ich verstehe. Sie wollen mit Ihrem verstorbenen Mann Kontakt aufnehmen. Ihm sagen, wie sehr Sie ihn lieben, auch nach all den Jahren noch. Wie romantisch.«

Nein, das war ungefähr das Letzte, was Henriette wollte. Sie hatte Fred geliebt, ohne Frage – aber es gab inzwischen nichts mehr, was sie ihm hätte sagen wollen. Was vorbei war, war vorbei. Kalter Kaffee, der vielleicht gut für den Teint war, aber nicht für's Herz.

»Ich wollte eigentlich …«

»Sie müssen mir gaaaar nichts verraten, ich werde es spüren. Dann setzen Sie sich mal aufrecht hin, und schließen die Augen. Und folgen einfach dem Klang meiner Stimme.«

So toll ist der jetzt auch nicht. Aber Henriette tat, wie ihr geheißen.

»So. Wir begeben uns jetzt ganz tief hinunter, ins Reich des Vergessens, der ewigen Dunkelheit, ins Reich der Toten. Und wir entreißen mit all dem Licht, das wir mit uns tragen, der Schwärze eine Seele.« Seine Stimme wurde melodramatisch tief, mit akzentuiertem Vibrato an den – seinem Empfinden nach – richtigen Stellen. Henriette biss sich auf das Fleisch ihrer Wangen, um nicht laut loszuprusten. Was für eine Schnapsidee, hierher zu kommen. Aber dann ... tauchte irgendwie vor ihrem inneren Auge ein Schatten auf, den sie nicht herbeigerufen hatte. Er kam näher, humpelte etwas, zog ein Bein nach. Und dann erkannte sie, dass es der Tote aus ihrem Garten sein musste.

Da war doch etwas in dem Tee?! Henriette öffnete die Augen. Eso-Klaus saß ihr gegenüber, seinen Blick ins Leere gerichtet, wie in Trance, sein Mund halb offen, als würde er gerade etwas Erstaunliches sehen. Sie hingegen schien er nicht mehr wahrzunehmen. Und als sie die Augen erneut schloss, war der Schatten noch immer da. Nun gut, wenn dem schon so war ... »Wer hat Sie getötet?« Sie flüsterte es vorsichtig. Und das Gesicht des Mannes kam näher, er öffnete den Mund und ...

»Ah, verdammt.« Eso-Klaus sprang auf wie von einer Tarantel gestochen und schüttelte sein Bein. »Mir ist der Fuß eingeschlafen.«

Henriette schnaubte. Auch wenn das ganze hier ein riesiger Hokuspokus war, sie hätte es fast gehabt, die Antwort, die sie brauchte – und die sie auch begierig aus den Händen eines

Scharlatans genommen hätte – und dann schlief dem Trottel der Fuß ein. »Na, sauber.« Sie sah ihm eine Weile zu, wie er wie ein lädierter Duracell-Hase durch den Raum hüpfte, bevor sie sich erhob. »Ich werde dann mal gehen.«

Erst jetzt hielt er inne. »Haben Sie die Antwort, die Sie gesucht haben?«

»Leider nein. Trotzdem vielen Dank.«

»Oh, bitte bitte. Die Rechnung schicke ich Ihnen dann per Post?«

»Rechnung?«

Auf ihren Tonfall hin stellte er auch das letzte Zappeln ein, blickte kurz etwas verwirrt, ertappt. Und nickte dann, während er sein strahlendes Lächeln zurück ins Gesicht bugsierte. »Sie haben natürlich Recht. Die erste Stunde geht für meine lieben Nachbarn aufs Haus. Wann darf ich Sie wieder willkommen heißen?«

»Ich, äh, ich werde Bescheid geben.«

***

Kaum, dass sie aus dem Haus trat, öffnete der Himmel seine Schleusen. Ein erstaunlich kühler Regen goss sich auf sie nieder, und sie hastete, so schnell sie ihre alten und etwas kurz geratenen Beine tragen konnten, über die Straße Richtung Zuhause. Aber ihre Haare klebten nass und frisurlos an ihren Wangen, als sie endlich unter dem Dach über ihrer Haustür stand. Sie fummelte nach dem Schlüssel in ihrer Tasche, und blickte dabei zum Fenster, aus dem wie erwartet die alte Graus schaute. Die Frau hatte echt nichts anderes zu tun – und sicher gerade eine große Freude daran, sie hier so nassgeregnet zu sehen. Sie zog die Nase hoch und hob die Hand zum Gruß. Aber die Nachbarin blickte nur weiter stur geradeaus, als hätte sie sie nicht gesehen. Fast zu unhöflich, immerhin hatten sie jetzt schon einmal geplaudert. »Vielleicht ist sie kurzsichtig und sieht mich nicht. Und hat auch damals nur so geheimnisvoll getan.« Henriette schob sich etwas auffälliger in die Optik der Alten und winkte heftiger. Noch immer keine Reaktion. »Hallo?« Langsam wurde sie etwas ungehalten. »Ich meine, das ist doch keine Art.« Sie trat einen Schritt in den Regen hinaus, und stutzte. Etwas war anders. Ganz anders als sonst. Es dauerte eine Weile, bis Henriette ihren mentalen Finger darauflegen konnte. Und ihr eiskalt wurde. Etwas Entscheidendes fehlte im üblichen Bild. Der Zigarettenrauch.

24

Ihr erster Anruf hatte Albert gegolten. Aber auch wenn er beteuerte, gerne ihr Partner sein zu wollen – eine Leiche war ihm doch etwas zu heiß. Und ihr eigentlich auch – zumal es nicht die erste war. Also hatte sie sich mit ihm für den Abend verabredet, um bei einem guten, alten Fernsehkrimi etwas ihr Wissen aufzufrischen – und hatte dann, nach einem Moment des Zögerns, Tinas Nummer gewählt. »Bist du noch im Dienst? Und ist deine hübsche Kommissarin in deiner Nähe? Es gäbe da wieder mal etwas, das nicht mehr so ist, wie es gehört ...«

Es dauerte keine Viertelstunde, bis die beiden vor ihrer Tür standen – und mit ihr gemeinsam in die toten Augen der alten Graus blickten. Ziemlich einseitige Angelegenheit. Während zwei weitere Kollegen versuchten, sich Zutritt zu dem Haus zu verschaffen. Offenbar kein leichtes Unterfangen.

»Die hat Spezialschlösser. Nicht eins, nicht zwei – sondern gleich

vier. Außerdem scheint die Tür stahlverstärkt zu sein.« Einer der
Männer fluchte – scheinbar ein abgebrochener Fingernagel. Viel
Einsatz, wenig Wirkung. Aber irgendwann hatten sie es geschafft und
die Tür schwang zurück. Hinter ihr gähnte der Eingang wie ein
schwarzes Loch.

»Ich habe etwas Angst vor dem, was wir dort vorfinden werden.«
Tina hob kurz wie im Schreck die Augenbrauen. »Du hältst hier die
Stellung, Tante Hen. Nicht reinschleichen, okay?«

»Schleichen? In meinem Alter?«

»Mhm.« Tina zwinkerte ihr zu, und Henriette grinste
schelmisch.

»Okay, okay. Ich bewege mich ausnahmsweise mal nicht vom
Fleck.« Nur ihre Augen bewegten sich neugierig, versuchend, aus den
hin und her eilenden Schatten in Hausflur und Zimmer der toten
Graus etwas zu erschließen. Und dann bewegte sich die Alte doch
noch einmal. Nach gründlichen Untersuchungen um sie herum
wurde sie von zwei in weiß verpackten Männern von ihrem Stuhl
gehievt und in einen Leichensack bugsiert. Hätte Henriette sie nicht
persönlich gehen sehen, am Tag des Straßenfestes, hätte sie
angenommen, dass dieser letzte Weg wohl auch sonst nicht ohne
Hilfe starker Männer vonstatten hätte gehen können. Manchmal

täuschte man sich gewaltig.

»Frau Steiner, würden Sie mal kurz herkommen?« Anne Fellner winkte ihr vom Fenster aus zu. Es wirkte wie ein Fehlerbild, ohne die Graus im Rahmen.

»Natürlich.« Ihre Füße standen ohnehin schon unter Strom, vom ganzen Sich-nicht-von-der-Stelle-Bewegen. Sie näherte sich dem Fenster, im Versuch, nicht allzu enthusiastisch zu wirken. »Was kann ich für Sie tun?«

»H.S. Das sind doch Ihre Initialen. Henriette Steiner.« Die Hauptkommissarin wedelte mit einem kleinen, rechteckigen Gegenstand in ihrer Hand. »Es scheint, als hätte ihre Nachbarin Ihnen eine Nachricht hinterlassen. Auf der Verpackung ihrer Zigaretten.« Sie reichte Henriette erst ein paar Latexhandschuhe, und dann, als sie ihre knubbeligen Finger mühsam in das enge Plastik gezwängt hatte, die Zigarettenpackung. »Können Sie damit was anfangen?«

Auf der halbleeren Packung undefinierbarer Marke stand etwas geschrieben. Krakelig, eilig – aber trotzdem ausführlich verschwurbelt.

„H.S. – Ich mag Kunst. Und ich mag ihre Rosen. Das Märchen von Schneeweißchen und Rosenrot. Man muss nur auf Steine am

Weg achten. Auf gute Nachbarschaft."

»Was zum Teufel soll das nun wieder heißen?« Henriette runzelte die Stirn. Wenn die Graus ihr einen Hinweis hätte geben wollen – warum nicht einfach schreiben: *Mister X war es.* Oder: *Ich habe XY in Ihrem Garten gesehen. Der Mörder ist immer der Gärtner.* Irgendetwas halt, das nicht erst entschlüsselt werden musste.

»Verdammt noch mal aber auch.«

»Kannten Sie Frau Krauss gut?«

»Ich glaube, niemand kannte sie wirklich gut.«

»Ja, sie hat sich zumindest ausreichend verbarrikadiert. Aber?« Anne hatte wieder ihren scharfen Polizistinnenblick.

»Kein Aber. Sie saß unentwegt am Fenster. Rauchend. Sie weiß wohl mehr über mein Leben, als ich selber. Definitiv mehr, als ich über ihres. Ich habe mich vielleicht zweimal mit ihr unterhalten in all den Jahren.« Konnte sie zugeben, dass sie neulich erst versucht hatte, sie auszuhorchen? Es war die dritte Tote in wenigen Tagen, und auch wenn Henriette nicht ans Aufgeben ihrer neuen Detektivinnenkarriere dachte – wie Albert schon richtig meinte – langsam wurde es etwas heiß. »Ich hatte neulich mein erstes, etwas längeres Gespräch mit ihr. Ich wollte wissen, ob sie in der Nacht des Mordes an dem Mann in meinem Garten etwas mitbekommen hatte

– da sie ja so gut wie immer hier an diesem Fenster sitzt. Äh, saß. Aber sie hat sich nichts aus der Nase ziehen lassen.«

»Nichts?«

»Nein. Sie wirkte allerdings so, als würde sie mehr wissen, als sie zugab.« Henriette runzelte die Stirn. »Ich war ziemlich verärgert, dass sie so eine Geheimniskrämerei daraus machte. Aber das werden wir wohl nun nie erfahren, was?«

Die Kommissarin blickte sie noch immer durchdringend an, doch dann seufzte sie und wandte den Blick ab. »Nicht von ihr jedenfalls – sofern wir nicht noch irgendwelche Hinweise im Haus finden. Und auch Sie können uns nicht weiterhelfen, wenn Sie nicht wissen, was sie Ihnen mitteilen wollte.«

Fast ein Affront, denn Henriette bemühte sich nun immerhin schon seit Tagen darum, eine mehr als große Hilfe zu sein. Aber da sie gerade wirklich rein gar nichts mit der ominösen Mitteilung anfangen konnte, musste sie klein beigeben. Für den Moment. »Nein, tut mir leid. Ich habe die Frau bis heute nicht verstanden.« Sie lächelte entschuldigend. »Genug Aufregung für heute. Ich verabschiede mich. Sagen Sie Tina bitte einen lieben Gruß, ich werde mich etwas hinlegen.« Aber als sie der Polizistin den Rücken zuwandte, um zurück zu ihrem Haus zu gehen, veränderte sich der

Ausdruck in ihrem Gesicht. Die freundliche alte Dame wechselte zur entschlossenen Mitsiebzigerin. Und manche Dinge sahen mit zunehmendem Alter noch bedrohlicher aus. Zumindest fühlte sie sich selber so. Jetzt erst recht, koste es was es wolle. Sie würde den jungen Leuten schon zeigen, wo der Frosch die Locken hatte. Oder so. Den Spruch hatte sie ebenfalls mal in einem ihrer geliebten Krimis gehört, seine Bedeutung allerdings bis heute nicht voll erschlossen. Aber er klang forsch genug – und auf eine gewisse Art bedrohlich cool. So wie sie.

25

»Wann hast du gewusst, dass sie die Mörderin ist?« Albert rieb sich die Augen. Er musste unbemerkt von ihr wieder eingeschlummert sein, während sie wie gebannt auf den Bildschirm gestarrt hatte.

»In dem Moment, wo sie sagte, dass sie noch nie Blumen geschickt bekommen hat.«

»Ach so. Hat sie das gesagt?« Er hatte geschlafen. Henriette entließ ihm mit einem milden Lächeln die Schelte. Das Alter konnte ein Hund sein. Und er war, trotz des Speichelfadens, der aus seinem Mundwinkel hing, auch als alter Mann noch ganz süß.

»Aber es gab weniger Leichen, als in unserer unmittelbaren Umgebung. Seit heute sind es derer drei.«

»Aber das eine war ja ein Unfall.«

»War es das? Wissen wir das wirklich?«

Albert schüttelte den Kopf. »Du bist unverbesserlich, Henriette.

Siehst du jetzt schon Gespenster?«

»Nein. Aber tote Menschen. Und mit kommt vor, dass der Zufall dafür zu kurze Arme hat.«

»Hm.«

»Kommt es dir denn nicht verdächtig vor?«

»Schon. Aber das überlassen wir doch besser der Polizei, oder?«

»Außer wir finden etwas heraus, das sie so nicht herausfinden können. Das wäre doch fabelhaft, meinst du nicht?«

Er grinste. »Ja, Frau Inspektorin. Aber heute nicht mehr, okay?«

»Noch einen Schlummertrunk zumindest?«

»Wer könnte da nein sagen.«

***

Aber der Gedanke ließ Henriette die ganze Nacht keine Ruhe. Sie musste herausfinden, ob der Tod von Frau Wagner wirklich ein Unfall war. Nicht, dass sie etwas übersah.

Also angelte sie nach dem Frühstück ihr bestes schwarzes Outfit aus dem Kleiderschrank, trug etwas Make-Up auf – nicht um ihre faltigen Lippen zu betonen, sondern um den natürlichen Schatten um ihre Augen etwas mehr Ausdruck zu verleihen, und machte sich auf zum Leichenbestatter.

»Meine kürzlich verstorbene Schwester ist bei Ihnen aufgebahrt. Und ich …« Sie zog dramatisch etwas Rotz hoch, der sich dank des noch nicht verebbten Pollenfluges in ihrer Nase befand. Der Herr im feinen Anzug setzte sogleich sein Betroffenheitsgesicht auf.

»Oh, ich verstehe. Natürlich. Wie ist denn der Name?«

»Wagner. Eh …« Wie hieß die denn nochmal mit Vornamen? Nicht, dass sie sich jetzt verriet, wo es gerade so gut lief. Emmi? Oder Elisabeth? Irgendwas mit „E" war es doch. »Em … *schluchz*.« Den halben Namen in einer Trauerbekundung zu verstecken war erste Hilfe. Und der Bestatter ein äußerst zuvorkommender Mann.

»Edeltraud Wagner, richtig?«

»Genau.« Edeltraud. Dass sie sich diesen albern überkandidelten Namen nicht gemerkt hatte. »Meine Emmi … so habe ich sie immer genannt, wissen Sie?«

»Ja. Natürlich. Ihre Schwester, mein herzliches Beileid, liegt noch hinten in unseren Kühlungsräumen und wird gerade, verzeihen Sie, wenn ich das so formell sachlich ausdrücke, für die Aufbahrung zurecht gemacht.«

Ah ja. Genau das, was sie sehen wollte. »Wie wird man denn dann schick gemacht, nachdem einem das Hirn durch die Nase rausgezogen wurde?«

»Wie kommen Sie denn darauf, dass wir so etwas tun?« Der Mann sah sie an, als wäre sie vom Mond.

»Allgemeinbildung?«

»Aha.«

»Tun Sie das etwa nicht?«

»Das hat man damals im alten Ägypten gemacht, zur Mumifizierung. Das ist bei einer Erd- oder Feuerbestattung kaum nötig.«

»Aha.« Wieder etwas, das weniger spannend war, als sie es sich ausgemalt hatte. Der Leichenbestatter verwechselte offensichtlich ihre leichte Enttäuschung mit einem Anflug von Trauer.

»Aber wir richten die Verstorbenen für die Aufbahrung natürlich schon sehr schön her. Und ihre Schwester dürfte bereits fertig sein. Sie möchten sie sicher sehen, oder?«

»Ja, das wäre wirklich … schön, noch einen Moment mit ihr alleine zu haben. Wir standen uns sehr nahe, müssen Sie wissen.« Fast gelang es Henriette ihrer zittrigen Stimme noch eine herausgequetschte Träne zuzufügen. Aber auch ohne die war sie überzeugend genug.

»Natürlich. Hier entlang bitte.«

***

Edeltraud Wagner sah besser denn je aus. Dezentes Make-up, wohlfrisiert, den Mund geschlossen. Nicht nur in ihrem Schweigen eindeutig retuschiert. Vorsichtig trat Henriette näher. Es roch stark nach Desinfektion und etwas Fremdem. So roch wohl der Tod, wenn er ausgehfein war.

»Sah sie denn normal aus, als sie hierherkam? Also ich meine, mussten Sie viel … *schnüff* … äh, herrichten? Wissen Sie, ich konnte Sie nicht anschauen, nach dem Unfall. Deshalb möchte ich ja jetzt so gerne einen Moment mit ihr alleine.«

»Normal?« Der Mann wirkte etwas verlegen. »Nun ja, wie Sie sagten, es war ein Unfall. Also nicht so normal, wie wenn sie friedlich entschlafen wäre.«

»Irgendetwas Auffälliges, meinen Sie?«

»Äh, nun ja …« Er kratzte sich am Kopf. »Es klingt jetzt etwas pietätlos, aber ihrer Schwester … der Hinterkopf, den mussten wir etwas … nun, rekonstruieren. Sie hat einen ziemlichen Schlag abbekommen. Und etwas ist wohl mit ihrer Gesichtsmaske über Nacht schiefgelaufen, wenn Sie so genau fragen. Als hätte sie Farbe im Gesicht.«

Sie war ganz blass. Wie angemalt. Das waren doch die Worte vom kleinen Felix gewesen. Also keine normale Leichenblässe, sondern eine Art … Farbe?

»Jahaaa … sie war sehr aufs Äußerliche bedacht.« Henriettes Gedanken rasten. So viele Versatzstücke. Es musste doch langsam möglich sein, dieses Puzzle zusammenzusetzen. »Könnte ich vielleicht einen Moment mit ihr alleine …?«

»Selbstverständlich. Bitte rufen Sie, wenn sie fertig sind.« Der Mann nickte ihr noch einmal verständnisvoll zu und entfernte sich dann hinter einen Vorhang im hinteren Teil des Raumes. Henriette kniff die Augen zusammen. Sie war zu spät. An der Leiche würden keine Hinweise mehr zu finden sein. Also verbrachte sie eine ihrer Meinung nach angemessene Dauer, in der sie hin und wieder leise Schluchzer und ähnliche Geräusche von sich gab, damit ihre Glaubwürdigkeit aufrecht erhalten wurde. Währenddessen rannte ihr Hirn Marathon. Die Schweißperlen, die das intensive Nachdenken auf ihre Stirn trieben, hatten sich allerdings passend unter ihre Augen hinunter gearbeitet, als sie den Bestatter zu sich rief. Schwitztränen der Trauer. »Nun, dann danke ich Ihnen. Es hat mir wirklich viel bedeutet.«

Er geleitete sie noch zur Tür, wie ein wahrer Gentleman. Fast hätte er ihr sogar seinen Arm angeboten. Die Zeit im Schultheater hatte sich soeben mehr als bezahlt gemacht.

***

Drei Tote, alle mit Schlagwunden am Hinterkopf. Farbe im Gesicht von Frau Wagner. Und die mysteriöse Botschaft der alten Graus. Henriette zog den Zettel zu sich heran, auf dem sie den Wortlaut notiert hatte. Mit einem Rotstift umkringelte sie die markanten Nomen. „Kunst", „Rosen", „Schneeweißchen und Rosenrot", „Steine", „Weg" und „Nachbarschaft". Dann biss sie Abdrücke in den Stiftkopf. Rosen. Rot. Ihre Rosen waren hauptsächlich von roter Farbe. Dort hatte die Leiche gelegen. Was war weiß? Natürlich, die Statuen im Nachbargarten der Wagners. Und sie waren Kunst – das war ja ein weit reichender Begriff von subjektiver Auslegungsmöglichkeit. Hatten also die Statuen mit dem Toten zu tun?

Sie blickte auf. Die Sonne sank bereits hinter dem Horizont, aber noch reichte das Licht für einen unauffälligen Blick über die Thujen. Und ihr fiel auf, dass sie diesen Kunstwerken noch nie wirklich ihre volle Aufmerksamkeit geschenkt hatte. All ihrer Neugier zum Trotz.

Neben dem von ihr angeschossenen Diskuswerfer befanden sich noch

drei weitere, scheinbar allesamt antike Sportarten ausübende Figuren

in dem Hintergarten. Alle ohne Kopf, aber ansonsten ungefähr

maßstabsgetreu zum Homo Sapiens. Ein furchtbarer Verdacht

keimte in ihr auf. Weiße Farbe. Tote Menschen. Statuen. Sie musste

sich setzen. Wenn das stimmte, was sie sich gerade zusammenreimte,

dann waren sie alle mit Blindheit gestraft gewesen. So offensichtlich,

dass es schon fast unverschämt war. Und so unglaublich, dass sie es

laut aussprechen musste. »Unglaublich. Unverschämt.« Und, einfach

weil es gesagt werden musste. »Scheiße.«

26

Das Haus der Wagners war komplett unbeleuchtet, aber unter dem Garagentor sah Henriette Licht. Sie zögerte noch einen Moment, dann schob sie entschlossen ihr Kinn vor, trat näher und klopfte dreimal an. Nach einem Moment der Stille hob sich das metallene Tor mit leisem Quietschen, und sie blickte in das fragende Gesicht ihres Nachbarn. »Oh, Frau Steiner. Sie hätte ich nicht erwartet.«

»Sondern?«

»Mein großer Bruder kommt noch kurz vorbei.«

Irgendetwas an der Art und Weise, wie er „großer Bruder" sagte, irritierte Henriette. Es hatte einen Klang, den es nicht haben sollte, wenn ein gut sechzigjähriger Mann seinen Bruder erwähnte. Aber sie konnte den Finger nicht darauflegen.

»Aha.«

»Ja. Aber kommen Sie doch herein.« Er zögerte einen Moment,

als sie an ihm vorbeitrat. »Möchten Sie vielleicht ein Glas Wein?«

»Gerne.« Sie konnte einem frischen Witwer wohl kaum ein Glas abschlagen. Und einem möglichen Mörder auch nicht. Alles, was ihr Zeit schenkte, war gut.

»Einen Moment.« Er wandte sich zu einem Klappenschrank. »Nehmen Sie doch Platz, da steht ein Gartenstuhl.«

Henriette tat, wie ihr geheißen und blickte sich neugierig um, während Herr Wagner im Schrank kramte. Die Garage wirkte ungewöhnlich aufgeräumt. Sie sah Farbeimer, eindeutig mit weißem Inhalt, und ein paar Säcke Zement. Gartengeräte wie Besen und Schaufeln standen ordentlich aufgereiht an der Wand. Es wäre ausreichend Platz für das Auto gewesen, welches allerdings immer draußen parkte. Unter den gegebenen Umständen äußerst verdächtig.

»Haben Sie Geschwister, Frau Steiner?« Er überraschte sie mit seiner kontextlosen Frage, noch bevor sie eine stellen konnte.

»Hatte ich, ja. Eine Schwester, aber die ist schon verstorben.«

»Waren Sie froh darüber?«

Noch so eine merkwürdige Frage. »Äh, nein. Ich hab' sie eigentlich recht gern gemocht.«

»So. Glück für sie.« Er lächelte, und es wirkte merkwürdig

verzerrt, als würde auf seinem Gesicht gar keine Freude Platz haben dürfen.

»Ja, ich denke, das hatte ich. Und sie …« Ein Klopfen an der Metalltür verhinderte ihr Nachbohren. Aber sie würde seinen Bruder, den er offensichtlich nicht allzu gerne hatte, ja nun jeden Moment kennenlernen. Als das Tor sich öffnete, stand dort kein gänzlich Unbekannter. Der Bruder ihres Nachbarn war ebenfalls ein Nachbar. Der Otto aus der Ottostraße.

»Oh, mein Bruder hat Besuch. Und zur Feier des Tages den guten Wein ausgepackt. Wie umsichtig von ihm.« Er zwinkerte, und Henriette wusste nicht, ob es ihr galt, oder seinem Bruder. »Dann zum Wohl. Auf gute Nachbarschaft.« Otto wartete, bis sie beide angestoßen, und Henriette einen großen Schluck genommen hatte, bevor er eintrat und das Tor hinter sich schloss. »Wie geht es Ihnen, Frau Steiner?«

»Danke, ich kann nicht klagen.«

»Auch nicht, nachdem Sie eine Leiche in Ihrem Garten vorgefunden haben?« Wieder dieses Zwinkern. Doch dieses Mal galt es eindeutig ihr.

»Na ja, es war ja weder meine Leiche, noch jemand, der mir nahestand. Also außer einem kurzen Schock, den mein Herz aber gut weggesteckt hat, keine weiteren Nebenwirkungen.«

»Beruhigend.« Er verzog kurz seinen Mund zu einer Art Lächeln. »Es ist gut, wenn unerwünschte Geschenke den Puls nicht zu sehr in die Höhe treiben.«

»Als Geschenk würde ich es nicht bezeichnen. Eher als unliebsame Überraschung.«

»Das kommt doch allzu oft auf das gleiche heraus. Aber Sie wissen ja gut genug, dass man von Fremden keine Geschenke annehmen soll. Nun … manchmal aber auch nicht von den Nachbarn.« Er grinste spöttisch. »Auf gute Nachbarschaft zu trinken kann ein böses Nachspiel haben. Diese Nachbarn sind oft die, die bis Mitternacht noch auf der Terrasse lärmen, oder einen Hund haben, der den Garten nebenan zu seinem privaten Klo auserkoren hat. Und manchmal auch die, die den Wein mit etwas Schlafmittel anreichern, um genug Zeit zu haben, die alte Nachbarin zu töten. So wie mein Bruder und ich.« Er sah sehr zufrieden aus. »Weglaufen bringt nichts, es wird sich nur mehr um Sekunden handeln, bis Sie unfähig sind, auch nur aufzustehen. Aber seien Sie froh – Ihren Puls wird es ganz sicher ebenfalls nicht in die Höhe treiben.«

Henriette wartete fast neugierig. Aber sie spürte nichts von der Wirkung, die der fiese – das Adjektiv passte besser zur aktuellen

Situation als „fade", was er auch alles andere als zu sein schien –
Otto ihr soeben versprochen hatte. Vielleicht war sie immun gegen
diesen Quatsch, der heutzutage als „Helferlein" angepriesen wurde.
Das konnte ja auch nichts.

Dafür sah der andere Wagner zunehmend blasser aus. Hatte er
etwa auch von dem Wein getrunken? Auch Otto musterte seinen
Bruder argwöhnisch. »Alles gut bei dir, Otfried?«

Otfried? Ernsthaft? Otto und Otfried – das war ja noch besser als
Klaus und Klaus. Und sprach den Eltern der beiden jegliche
Kreativität ab.

»Ich … fühle mich etwas benommen.« Jetzt schwankte er
bedrohlich. Henriette stand auf, ohne nachzudenken, und reichte
ihm ihren Arm. »Setzen Sie sich mal besser hin, was?«

»Hast du etwa die Gläser verwechselt, du Trottel?«

»Nein.« Otfrieds Stimme klang ziemlich erbärmlich. »Ich wollte
sicher gehen, dass sie auf jeden Fall das Mittel trinkt. Und hab' beide
Gläser damit versetzt – damit sie sie nicht heimlich umtauscht, falls
sie einen Verdacht hat.«

»Warum sollte sie einen Verdacht haben, hä? Nach all den
Jahren? Du bist wirklich ein Vollidiot. Zumindest hättest du bei
deinem tollen Plan wissen sollen, dass du dann keinen Schluck

trinken darfst.« Otto wirkte ernsthaft sauer.

»Mein Mund war plötzlich wie ausgetrocknet. Du weißt doch, diese Aufregung jedes Mal, das vertragen meine Nerven überhaupt nicht.«

Doch Ottos Blick hatte sich schon wieder Henriette zugewandt. »Und Sie merken nichts?« Er wirkte in seiner Enttäuschung noch gefährlicher, so dass Henriette eilig einen Schwächeanfall vortäuschte und gegen die Wand der Garage taumelte. »Doch, doch. Mir ist etwas schwummrig.«

Er fixierte sie noch einen Moment und nickte dann zufrieden. »Na also. Dann können wir das hier ja jetzt zu Ende bringen. Wieder eine Zeugin weniger. Und Sie dürften auch die letzte verbliebene sein. Und mein Bruder und ich können uns wieder ganz unserer Kunst widmen, nicht wahr?« Aber Otto hatte die Rechnung ohne seinen Bruder gemacht – beziehungsweise ohne die Wirkung, die das Sedativum auf ihn zu haben schien. Er wurde nämlich nicht nur benommen, sondern regelrecht weinerlich.

»Müssen wir wirklich auch sie noch beseitigen?« Doofe Frage, befand selbst das Opfer – ergo Henriette selber. Natürlich mussten sie. Otto sah das ganz genau so, drückte es nur etwas eindeutiger aus.

»Du bist wirklich ein Horst, Deppenbruder.«

»Ich heiße Otfried, nicht Horst.« Nun heulte er wirklich. »So hieß der von neulich. Der, der Atlas werden sollte. Als Statu … uuuäääää.«

»Wir finden einen neuen Atlas. Und jetzt reiß dich zusammen, Otfried.«

»Atlas?« Henriette konnte ihre Neugier auch in dieser Situation nicht bremsen. Otto sah sie triumphierend an.

»Ihnen, meine Gute, ist doch sicher schon die nette Statuensammlung in Nachbars Garten aufgefallen? Die Kunst meines Bruders? Nun, er ist zwar der Kreativere von uns beiden, aber des Pudels Kern liefere ich.« Sein Gesicht verzog sich kurz zu einer Grimasse. »Aber nun genug geplaudert, denke ich.« Er blickte noch einmal kurz zu seinem Bruder, der zusammengesunken auf dem Campingstuhl saß. »Ich denke, ich kann es auch ohne deine Hilfe zu Ende bringen. Das Kommende ist ja sowieso eher mein Fach.« Sein Lachen klang meckernd. »Der Künstler künstelt und faltet ansonsten die Hände in seinem Schoß.« Er griff nach dem Spaten, der an der Wand lehnte und machte einen großen Schritt auf Henriette zu. »Ich bin eher Handwerker, einer von der groben Sorte, Frau Steiner. Das geht schneller – wenn auch nicht zu schnell. Ein bisschen Spaß muss sein, nicht wahr?«

Okay, jetzt wurde es ernst. Henriette blickte zu Otfried, der ihr wohl kaum zu Hilfe kommen würde. Aber sie musste irgendwie etwas Zeit gewinnen, bis sie eine Idee hatte. »Eine Frage habe ich noch …« Der Satz passte nicht so ganz, aber sie hatte ihn vor Jahren in einem Fernsehkrimi gehört, und seitdem unbedingt verwenden wollen. Er klang wissend, schlau – und sogar etwas gefährlich. Nur Otto Wagner, der die Schaufel erhoben hatte, bereit, sie niederzuschlagen, verstand diese Art Gesprächsführung in keinster Weise.

»Hä?«

»An ihren Bruder – wenn Sie gestatten.«

»Nun, ich hab's eigentlich jetzt schon etwas eilig. Aber Todgeweihte und letzte Wünsche … beeilen Sie sich einfach.« Er senkte den Spaten wieder.

»Ihre Frau.« Henriette versuchte, den Blick von Otfried einzufangen. »War das ein Unfall, oder war sie auch eine lästige Zeugin, so wie ich?«

»Es war ein Unfall.« Otfried hob mühevoll seinen Kopf, und blickte fragend zu seinem Bruder hinüber, der wieder sein Ziegenlachen hören ließ.

»Unfall? Du bist doch ein solcher Naivling, Brüderchen. Konntest du deine tote Frau nicht ansehen, um das zu bemerken?

Die weiße Farbe in ihrem Gesicht, die schreckgeweiteten Augen? Es war kein Unfall, sondern das Beseitigen einer weiteren Zeugin. Sie hat mich in deiner Garage ertappt.« Sein Grinsen erstarb, als er die fassungslose Wut und den Schmerz in dem Gesicht seines Bruders sah. Mit diesem Geständnis war er eindeutig übers Ziel hinausgeschossen. Und auch wenn er in Brutalität und Verderbtheit seinem Bruder weit überlegen war – körperlich konnte er sich mit ihm nicht messen. Auch jetzt nicht, obwohl Otfried unter Einfluss eines Schlafmittels stand. Seine Rossnatur schien sich nicht nur in seiner Körperfülle auszudrücken. Ein Stöhnen, markerschütternd in der Tiefe der Emotion – und dann warf sich Otfried mit all seiner Masse auf seinen Bruder. Der mit einem »Uff« zu Boden ging. Henriette trotzte ihrer Neugier, sich das Spektakel genau anzusehen und griff eilig zu ihrem Handy. »Tina, Lebensgefahr. Bring deine Kollegen mit und seid schnell, wenn du deine alte Tante noch lebend wiedersehen willst. Bei Wagners, linke Nachbarn. Garage. Mach flott, Mädchen.«

Und dann griff sie doch ein. Sicher war sicherer. Und ein leichter Klaps mit dem Spaten auf den Schädel des fiesen Otto konnte heute nicht verkehrt sein. Außerdem: es war seine Idee gewesen, das mit den Schlägen auf den Hinterkopf. Und weil sie gute

Nachbarschaft hoch schätzte, gab sie daraufhin Otfried die Hand, um ihm hochzuhelfen. Und dann, im eh schon etwas seekrank wirkenden Schein des Blaulichts, das sich hinter dem plötzlich offen stehenden Garagentor in den Abend ergoss, wurde das Gesicht ihres Nachbarn noch blasser. Und er übergab sich lautstark auf den Betonboden. Ottos Mops kotzte.

***

In jeder der Statuen in Herrn Wagners Hintergarten befand sich der menschliche Körper eines ehemaligen Athleten – oder zumindest Teile davon. Und da die Statuen allesamt kopflos waren, hatten die Wagner Brüder ein kleines Schädelmassengrab unter Ottos Steingarten angelegt. Ziemlich gwieftes Teamwork, das musste sie ihnen lassen. Obwohl – in einem guten Team war man eigentlich auf Augenhöhe, was hier ganz sicher nicht der Fall war.

27

Es war eine eigenartige Beerdigung. Der Mann der Verstorbenen stand in Handschellen am Grab, hinter ihm Tina und Hauptkommissarin Fellner in ihren Paradeuniformen und mit wachsamem Blick. Und neben ihm Felix, der kleine, tapfere Junge, der seine tote Oma gefunden hatte, der begriffen haben musste, dass sein Opa damit zu tun hatte − und ihm trotzdem seine kleine Hand zwischen die Finger schob. Ein toller Bengel.

Es war merkwürdig, aber würdig. Schöne Lieder, die man kannte, und trotz der ziemlich miserablen Gesamtsituation kein böses Wort. Die Kondolierenden wussten, dass Herr Wagner seine Frau trotz allem geliebt hatte − und dass Big Brother ihn gewatched und gebrainwashed hatte. (Ja, Henriette konnte sogar gedanklich ganz gut Englisch.)

Und wenn schon alles so verfahren war, konnte es nur wieder besser werden. Denn wo sollte es − ganz ehrlich − sonst noch hin? Es war alles drin, was man nie im Leben gebraucht hätte – und das hier war die dritte Beerdigung in Folge. Henriette ging langsam die Puste aus. Am Grab stehen war ein Garant für dicke Füße. Deswegen hatte sie die erste Beerdigung – des nun nicht mehr so ganz unbekannten Tote aus ihrem Garten – auch nur theoretisch verfolgt. Bei der alten Graus hatte sie sich mit einem mitgebrachten Blümchenkissen etwas entfernt auf eine Bank gesetzt – wegen dem Kissen, es war zu schreiend bunt. Und außerdem kannte sie dort niemanden. Aber es war trotz allem die dritte Beerdigung, und Henriette spürte ihre Füße. Friedhofserde war immer irgendwie feucht und kroch in alle Glieder. Sie freute sich fast auf die warme Totensuppe im Wirtshaus. Und Kaffee und Kuchen, so hatte sie mit Tina vereinbart, würden sie sich in privatem Kreis bei ihr daheim einverleiben.

***

»Die anderen Opfer waren ebenfalls Sportler, alle mehr oder minder erfolgreich, beziehungsweise bekannt. Otto Wagner hat zugegeben, dass die Leiche von Horst Ferdinand Reiter ihr größter Coup werden sollte. Ein echter Olympionike, der als Atlas über allen anderem thronen sollte.«

»Und warum Sportler?« Henriette stellte den Kaffee auf den Tisch, versuchend, sich ihre Neugierde nicht allzu sehr anmerken zu lassen. Was gründlich misslang, weil ihre Hände noch immer vor Aufregung zitterten. Und von der Kälte des Friedhofs natürlich. Und das würde sie auch als Begründung anführen, sollte eine der beiden sie fragen. Aber scheinbar wurde ihre Neugier heute geduldet. Offizielles Teammitglied in diesem Fall. Sie hätte vor Stolz platzen können, als sie dessen gewahr wurde. Oder zumindest vor Freude die Hände in die Luft werfen. Doch dann besann sie sich, da sie gerade die Schüssel mit der Schlagsahne in Händen hielt.

»Otto Wagner war vor langer Zeit ein ziemlich guter Fußballer. Er hatte eine vielversprechende Karriere vor sich – bis zu einem Unfall auf dem Weg zum Training. Ausgerechnet an dem Tag, an welchem ein Headhunter anwesend sein sollte. Und eben jener war auch der Lenker des Autos, das den damals noch jungen Mann erfasste. Sein Hinterkopf wurde dabei stark verletzt, mit bleibenden Hirnschäden. Was so einiges erklären sollte.«

»Unglaublich. Das klingt wie aus dem Fernsehen. Man könnte es kaum besser erfinden.« Henriette war begeistert. »Und Otfried Wagner?«

»Ein gleichermaßen verhindertes Genie. Die Kunstuni hat ihn

dreimal nicht aufgenommen.«

»Was mich nicht wundert.« Henriette setzte sich. »Greift zu, ihr Jungspunde. Und auch du, Albert.« Sie grinste ihm zu. »Seit einigen Tagen weiß ich, dass etwas Altersspeck durchaus hilfreich sein kann. Zum Beispiel, wenn es darum geht, fiese Brüder zu überwältigen. Er kriegt doch mildernde Umstände, oder? Felix hat schon seine Oma verloren.«

»Wir werden auf jeden Fall ein gutes Wort für ihn einlegen.«

»Prima. Dann lasst uns reinhauen. Die Suppe hält ja nicht lange vor. Mein Kuchen dafür umso mehr. Extra dicke Stücke.«

***

»Übrigens, Tante Hen. Ich habe mich versetzen lassen. Damit Anne und ich unsere Beziehung offiziell weiterführen können. Ab Montag bin ich offiziell bei der Kripo.« Tina schlang gierig ein zweites Stück Kuchen hinunter. »Und für dich und deine verrückte Nachbarschaft bin ich somit auch nicht mehr zuständig.« Ihr Blick wurde ernst. »Ich bin verdammt froh, dass dir nichts zugestoßen ist, Tante Hen.«

Die Hauptkommissarin, die Henriette nun ganz informell

ebenfalls mit „Anne" anreden durfte, nickte beifällig.

»Das war eine knappe Sache. Und wenn ich könnte, würde ich von dir verlangen, dich nie wieder als Detektivin aufzuspielen. Aber, wenn wir ehrlich sind: ohne dich hätten wir den Fall nicht, oder zumindest nicht so schnell gelöst. Also, inoffiziell ein riesiges Dankeschön.«

»Auch an Albert. Ohne ihn wäre ich nicht so flott auf die richtige Spur gekommen.« Sie deutete Richtung Couch, wo der alte Herr schon wieder friedlich vor sich hinschlummerte. »Der hätte eine Chance auf seinen zweiten Frühling und verpennt ihn. Könnt ihr das glauben?«

»Nicht freiwillig.« Der Blick, der zwischen den beiden Frauen hin und her ging, war hochentzündlich − und höchst unanständig für einen soliden, klassischen Kaffeeklatsch. Aber Henriette beschloss, ihren Kommentar mit einem großen Schluck Kaffee hinunterzuspülen. Es war Zeit für ein bisschen Frieden. Auch für ihr loses Mundwerk.

DANKSAGUNG

Mein Dank geht heute an den Kaffee, und an alle, die dafür sorgen, dass er mich erreicht. Wie bei allen guten Dingen duftet er nach mehr. Und er ist der perfekte Partner in Crime. Heiß, belebend, stark und wohlriechend. Ruhig, zuverlässig, sehr schick in seiner Tasse. Das einzige Problem: Er stellt zwar keine doofen Fragen, aber so muss man auch auf alle Antworten selber kommen. Nun ja, jede Sache hat mindestens einen Haken, und jeder Rausch ist nur auf Zeit, nicht wahr? Also, halt ihn nicht warm, sondern nimm ihn, solange er heiß ist. Den Kaffee, meine ich. Ansonsten bleiben wir schön bei der weiblichen Form.

Also, ich geh dann mal und mach mir einen – und ein paar Illusionen. Möchte noch wer?

❀ ❀ ❀

K.M. – Danke für den erneuten Rotstift-Einsatz. Ich nehme ihn mir dann auch mal, und male dir ein großes, rotes Herz.

✻✻✻

Chris Peregrin lebt unter ihrem bürgerlichen Namen im deutschsprachigen Raum. In ihrem Brotberuf, sofern damit viel Brot zu verdienen ist, verdingt sie sich als Schauspielerin.

Neben dem Schreiben liebt sie es zu lesen, zu kochen, zu sporteln und sich die Welt anzusehen.

Und sie freut sich über Post und Feedback unter:

peregrin.chris@gmail.com

– oder einer fairen Bewertung bei dem Online-Händler. Merci.